向島・箱屋の新吉

新章(三) 決断の刻

小杉健治

角川文庫
23114

目次

第一章　錠前破り

一

旧暦一月半ばを過ぎ。夜になって川風はひんやりしてきたが、枯色だった草木も青みを帯び、あとひと月もすれば桜が芽吹いてくるだろう。

鄙《ひな》びた風情で四季折々の美しさを見せる向島《むこうじま》は鯉こく、シジミ汁などを出す名高い料理屋がたくさんあり、訪れるひとも多い。

向島芸者のお葉《よう》は料理屋『桜家《さくらや》』から客の利三郎《りさぶろう》とともに墨堤《ぼくてい》に向かった。そのあとを、箱屋《はこや》の新吉《しんきち》がついて行く。

箱屋は芸者の出先まで三味線を運んだり、芸者の座敷着を着付けたり、諸々《もろもろ》の世話や雑用をする。お葉は『桔梗家《ききょうや》』のお抱えで、新吉はお葉に使われている箱屋である。

利三郎は霊岸島町《れいがんじま》にある小間物屋『高雅堂《こうがどう》』の主人だという。三十三歳、小柄で優形だった。目元はすっきりしていて鼻が高い。見かけと違い、肩の肉は盛り上がり、腕の力が強そうだった。

利三郎はひと月ほど前にお葉を目当てに料理屋『桜家』に上がった。お葉という名花がいるという噂を聞いて、向島を訪れる客は多い。利三郎もその噂を聞き付けてやってきたのだ。

利三郎は芝居好きで端唄《はうた》を唄《うた》うようで、芸事は好きなようだった。お葉をすっかり気にいり、それ以来、数日置きにやってきた。

いつもひとりでやってきて、一刻《いっとき》（二時間）ほど座敷で過ごし、引き上げて行く。金払いもよく、遊び方もすっきりしているので、『桜家』の女将《おかみ》たちからの評判もよかった。

箱屋の新吉にも気さくに声をかけてきた。

三囲稲荷《みめぐりいなり》社の鳥居下と山谷堀《さんやぼり》との間を竹屋《たけや》の渡しが結んでいる。利三郎が船着場の桟橋に足を踏み入れると、すっと猪牙船《ちょきぶね》が近づいてきた。

猪牙船が桟橋に着き、船頭が下りて船をもやう。

「いつもすまないね、こんなところまで見送ってもらって」

利三郎がお葉に顔を向けた。

「いえ。旦那《だんな》、今夜は楽しゅうございました。また、お待ちしています」

「うむ。また来る」

「どうぞ」

柳橋《やなぎばし》の船宿『松波屋《まつなみや》』の屋号の入った半纏《はんてん》を着た船頭が利三郎に声をかける。

「じゃあ」

利三郎は船に乗り込んだ。すかさず、船頭がもやっている綱を解き、船に戻った。棹《さお》で船を岸から離し、船頭はやがて櫓《ろ》に替えて、吾妻《あづま》橋のほうに向かった。

船が川の暗がりに見えなくなるまで見送ってから、お葉は踵《きびす》を返した。

「新さん、帰りましょう」

そばに控えていた新吉にお葉が言う。

「へえ」

新吉は二十九歳、切れ長の目にすっとした鼻筋、どこか翳《かげ》のある細い顔だが、役者の菊五郎《きくごろう》によく似ている。唐桟《とうざん》の着物に博多《はかた》献上帯、紺の股引《ももひ》きに尻《しり》を端折《はしょ》り、すらりとした立ち姿は男の色気が漂っている。

土手に上がろうとしたとき、ふたつの影が現われた。

「梶井《かじい》の旦那じゃありませんか」

新吉が声を上げた。

南町奉行所定町廻《みなみまちぶぎょうしょじょうまちまわ》り同心《どうしん》梶井扇太郎《せんたろう》と岡っ引きの伝八《でんぱち》だった。

扇太郎は三十五歳で、肩幅が広く、がっしりした体で、四角い顔もいかめしいので威圧感があった。伝八は三十二歳。小柄で、敏捷《びんしょう》そうな男である。

「旦那、どうなさったんですね」

お葉がきいた。

「ちょっとな」

扇太郎は曖昧《あいまい》に言い、

「今の男は誰なんだ?」

と、きいた。

「私のお客さんですよ」

「そんなことはわかっている」

扇太郎は言い、

「名は?」

「ですから私のお客さんですよ。勝手に喋《しゃべ》るわけにはいきません」

お葉ははっきりと言う。

「そうか」

扇太郎は苦笑し、

「いつから来ているんだ?」

と、きいた。

「………」

「それぐらいは構わんだろう」

「ひと月ほど前です」

「ひと月前か」

「旦那、何の探索なんですね」

新吉がきいた。

「盗人《ぬすっと》だ」

「盗人?」

「大名や大身の旗本屋敷を専門に狙う盗人がいた。ところがふた月ほど前から、被害が聞こえてこなくなった」

「…………」

「屋敷のほうでも体面を考え、被害を隠しているところもあるが、それでも毎月金を盗まれたという訴えが数件はあった。ところがこのふた月、被害の訴えがない」

「盗みをやめたんでしょうか」

「その代わり、今度は商家が襲われるようになった。これまでに三件、土蔵を破られ、その都度五百両が盗まれた。土蔵には闇猿と記された置き手紙を残していく」

「闇猿ですって。盗みを誇示しているんですね」

「そうだ」

「それが武家屋敷専門の盗人と関係があるんですか」

「まだ、わからん。だが、狙いを商家に変えたのではないかと思っている」

「商家は土蔵を破られているのですか」

新吉は確かめる。

「そうだ。錠前を簡単に開けている」

「武家屋敷専門の盗人はこれまでに錠前を破ったことは?」

「いや、ない。錠前を破れないから、武家屋敷に忍んでいたのかもしれない」

「じゃあ、闇猿は別なのでは?」

「そこはわからぬ。錠前破りの名人とつるんでの盗みかもしれない。ひとりで夜働きをしていた男が他人と組むかどうか疑問だが……」

扇太郎は首を傾げたが、

「だが、ふたりで組んでも土蔵を破れば盗みの額は大きい」

「その金で向島に遊びにきていると？」

新吉はきいた。

「そうだ。最近になって、頻繁に遊びにくるようになった者を調べている。もちろん、向島だけではない。吉原《よしわら》や深川《ふかがわ》なども調べている。だが、最近は向島のお葉の評判が高いからな」

名高い料理屋がたくさんある向島には芸者もいるが、盛りを過ぎた者ばかりで、葉桜芸者と呼ばれていた。向島には柳橋や神田《かんだ》、日本橋《にほんばし》などから旦那衆が小粋《こいき》な芸者を連れて遊びにくることが多く、競いあうのを避けるために盛りの過ぎた芸者しか置かなかった。

ところが、そんな向島にたったひとり、若く、美しい芸者が誕生したのだ。

「盗人はお葉さんに会うために稼ぎの多い大店《おおだな》に狙いを変えたと？」

新吉はきいた。

「そう考えることも出来るということだ。今までのような世情を不安に陥れるための凶悪な事件はなくなったことは幸いだが、闇猿のような盗人が横行していると、またお奉行にも災いが向かうかもしれぬ。まあ、もう少しはっきりしたら、協力をしてもらう、じゃあな」

そう言い、扇太郎と伝八は引き上げていった。

お葉が沈んだ表情をした。

「姐《ねえ》さん、気にすることはありませんよ。梶井の旦那はなんでも疑うのが商売ですから」

「ええ」

お葉は答えたが、

「私に会うために悪いことをして金を稼いでくるひともこれまでにも何人かいたわね」

と、呟《つぶや》くように言った。

「そんなの、ほんの僅《わず》かな者だけです。姐さんのせいじゃありませんよ」

新吉はなぐさめる。

「ええ。でも、そういうひともいたことは事実」

「いや。そのような輩《やから》は姐さんがいなくても同じことをやっています。さあ、行きましょう」

「ええ」

新吉は深く考えないように急《せ》かした。

「ちょっと待って」

お葉は三囲稲荷社の参道に向かい、鳥居をくぐった。

松尾芭蕉《まつおばしょう》の弟子の宝井其角《たからいきかく》の雨乞《あまご》いの句で有名なところだ。当時、日照りが続き、小梅《こうめ》村の村人が社前で雨乞いの祈りをしているところに通りかかった其角が、村人に頼まれて「夕立や田をみめぐりの神ならば」と雨乞いの句を詠んだところ、雨が降ったという言い伝えがある。

京《きょう》の豪商三井家《みついけ》が江戸《えど》に進出したとき、宝井其角の雨乞いの霊験を信じ、守り神としたという話だ。

それで商売繁盛の神さまと言われ、商家の参拝者も多い。

本殿に向かって、お葉は長い間手を合わせていた。新吉は少し離れた場所で待った。

新吉は殺気を感じた。凄《すさ》まじい殺気だ。七福神の恵比須《えびす》・大黒《だいこく》の祠《ほこら》のほうに目を向けた。その裏の暗がりに誰かが潜んでいるのがわかった。茂太《しげた》という男かもしれない。茂太は小普請組支配の八巻貞清《はちまきさだきよ》の家来と思われる。

新吉はそこに足を向けた。すると、黒い布で顔を覆った男が姿を現した。茂太とは体つきが違うようだ。

「何奴だ、茂太に頼まれたか」

新吉は静かに声をかけた。

だが、返事はなく、やがて男は踵《きびす》を返し、裏口のほうに遠ざかった。ひとりだったら追いかけて行くところだったが、お葉を残して勝手な真似は出来なかった。

「新さん。どうしたの」

お葉が祠を見つめている新吉に声をかけた。

「野良犬がいたので」

新吉は言い訳をした。

「そう」

お葉は不審そうな顔をしたが、それ以上は何も言わなかった。

ふたりは秋葉《あきば》神社の参道の脇にある『桔梗家』に帰ってきた。

格子戸を開けて、

「ただいまもどりました」

と、新吉は声をかけた。

狭い土間に入ると御神灯が吊《つ》るしてある。若い仕込み子のお琴《こと》が出てきた。十五歳だ。

「お帰りなさい」

大人びた目つきで、新吉を見る。

「新さん、ちょっとお茶でも飲んでいったら」

お葉が誘った。

「どうぞ」

お琴も上がるよう勧める。

「じゃあ」

新吉は部屋に上がった。

隣の茶の間に行くと、主人のお波《なみ》が長火鉢の前に座って長煙管《ながキセル》をくわえていた。

四十過ぎだが、若いころは売れっ子芸者だったという面影がある。

元数寄屋町《すきやちょう》の芸者で、浅草田原町《あさくさたわらまち》にある商家の旦那《だんな》に落籍《ひか》されて、この家に住んでいた。その旦那が亡くなったあと、料理屋の『大村家《おおむらや》』の主人から向島でも若い芸者を育てたいという頼みを受けて芸者屋の看板を上げたのだ。

お葉は着替えのためにお琴といっしょに隣の座敷に行った。

新吉は正座をしてお波にきいた。

「もしかして、ここに同心の梶井さまがいらっしゃいませんでしたか」

「来たわ」

お波が答える。

「やはり、そうでしたか」

「なんでも盗人《ぬすっと》が横行しているそうね」

「ええ。どうも、姐さんに会いたいために悪いことをしていると思い込んでいるようで、いい迷惑です」

新吉は苦笑して言う。

「新さん、はい」

お波が湯吞《ゆの》みに酒を注いで寄越《よこ》した。

「すみません」

新吉は湯吞みを受け取り、

「じゃあ、いただきます」

と、口に運んだ。

浴衣《ゆかた》に着替えたお葉がやってきた。

「ごくろうさん」

お波が声をかける。

お琴もやってきた。

新吉は湯呑みの酒を飲み干し、

「御馳走《ごちそう》さまでした」

と、湯呑みを置いた。

「もう一杯どう？」

「いえ。もう遅いですから。じゃあ、姐さん、また明日《あした》」

お葉にも言い、新吉は腰を上げた。

お琴が見送りについてきた。

「新さん、お休みなさい」

お琴は意識しているのか無意識なのか、艶《つや》っぽい流し目を送った。

ふと、お琴が最近、見知らぬ男とひそかに会っていることを思いだした。

向島は盛りを過ぎた葉桜芸者が売りだったが、若い芸者がひとりだけ認められたのは料理屋『大村家』の旦那の尽力によるところが大きい。「潮来出島《いたこでじま》の真菰《まこも》の中に、菖蒲《あやめ》咲くとはしおらしや」という潮来節から思いついたのだ。

盛りを過ぎた芸者の中に、たったひとりだけ若く美しい芸者を置く。大勢ではいけない、たったひとりでいい。こうして料理屋『大村家』の旦那の肝煎《きもい》りで、数寄屋町芸者だったお波が芸者お葉を誕生させたのだ。

お波は料理屋の旦那衆にもうひとりの若い芸者の登場、つまりお琴の存在を認めるように働きかけているが……。

お波の働きかけがうまくいかなければ、お琴が取り得る道はふたつにひとつだが……。

新吉は複雑な思いで土間を出た。

『桔梗家』のほど近くにある家に、新吉は帰った。

三囲稲荷《いなり》社にいた男が待ち伏せているかもしれない。新吉は警戒しながら戸口までやって来て振り返った。

怪しい影はなかった。敵は何人も刺客を送ってきた。その都度、新吉は跳ね返してきた。したがって、不用意には襲ってこないようだ。だが、諦《あきら》めたはずはない。

最初から暗躍していた茂太の顔を知っているのは新吉だけだ。茂太の正体ははっきりわからないが、おそらく小普請組支配八巻貞清の家来だ。そうだとしたら、一連の事件の黒幕が八巻貞清だということの証明になる。

新吉は戸を開け、土間に入る。真っ暗な部屋に上がって、行灯《あんどん》の明かりをつけた。

春とはいえ、まだひんやりとしている。火鉢をかきまわし火を熾《おこ》した。

莨盆《たばこ》を手元に引き寄せ、新吉は茂太のことを考えた。

茂太は前の勘定奉行《かんじょうぶぎょう》笠木《かさき》嘉門《かもん》を暗殺した。笠木嘉門は木綿問屋『生駒屋《いこまや》』の向島の寮で吹き矢で殺されたのだ。はじめは勘定組頭内村源之助《うちむらげんのすけ》の若党だった五平太《ごへいた》の復讐《ふくしゅう》と思われた。内村源之助は笠木嘉門に不正の罪をかぶせられたと恨んでいた。その恨みを忠義の若党が晴らしたと思われた。だが、若党の五平太はすでに死んでいた。つまり、内村源之助の復讐ではなかったのだ。

そこで、後任の大畑秀衡《おおはたひでひら》が勘定奉行になりたいために茂太という男を使って笠木嘉門を暗殺したのではないかという疑惑が生まれた。

だが、この説もある事実から否定されることになった。

笠木嘉門は勘定奉行から南町奉行になることが決まっていたのだ。大畑秀衡は黙って待つだけで勘定奉行になれたのだ。

そして、明らかになったのは南町奉行の候補がもうひとりいたという事実だ。それが小普請組支配の八巻貞清だ。茂太は八巻貞清の家来だったのだ。

新吉は煙管を口から離し、煙を吐いた。そのとき、裏のほうで微《かす》かに物音がした。誰かが忍んできているような足音だ。

新吉はそっと土間に下り、静かに戸を開けた。冷たい風が吹き込んだ。外に出て、裏にまわった。駆けて行く足音が聞こえた。さっきの男かもしれないと思った。

二

翌日、春の明るい陽差しを浴びながら、梶井扇太郎と伝八は柳橋にやってきた。船宿『松波屋』の土間に入った。

「誰かいねえか」

伝八が大声で呼びかけた。

奥から番頭らしい男が出てきた。

「これは旦那に親分さん」

巻羽織に着流し、懐から十手が覗《のぞ》いているのを見て、番頭はあわてて頭を下げた。

「ちょっとききたい」

伝八が口を開く。

「昨夜《ゆうべ》、ここの船頭が向島まで客を迎えに行った。その船頭に会いたいんだ」

「それは益三《ますぞう》です。今、船を洗っています」

そう言い、番頭は外に出て、船着場に向かった。

「おい、益三」

番頭は船を洗っている男に声をかけた。

船に乗っていた男が顔を上げた。同心と岡っ引きがいっしょなのに気づき、男はすぐに岸に上がってきた。

「昨夜、向島に客を迎えに行ったな」

番頭がきく。

「へえ」

「そのことできききたいことがあるそうだ」

番頭はそう言い、扇太郎たちに会釈をして船宿に戻って行った。

「益三か」

扇太郎が確かめる。

「へい」

「昨夜の客の名は？」

「利三郎さんです」

「どこまで運んだんだ？」

「へえ、霊岸島です」

「よく、乗せるのか」

「へえ、何度も」

「ここから乗せて行くのか」

「そうです」

「じゃあ、一刻《いっとき》（二時間）余り、利三郎を待っているのか」

「対岸の山谷堀の船宿で休んで迎えに行きます」

「いずれにしろ、豪勢なことだ」

扇太郎は言ってから、

「利三郎の住いはどこか聞いているか」

「霊岸島町で、小間物屋をやっているそうです」

「小間物屋？」

「『高雅堂』という屋号だそうです」

「そうか。わかった。俺たちがききにきたことは黙っているんだ。いいな」

「へい」

益三は頷《うなず》いてから、

「あのお方に何か」

と、目を輝かせてきいた。

「いつも船で帰る豪勢な男が誰か興味があっただけだ」

扇太郎は適当に言い、

「邪魔をした」

と、益三と別れた。

扇太郎と伝八は霊岸島にやってきた。

霊岸島町の町筋を歩き、『高雅堂』という看板のかかった店を見つけた。

間口一間半（約二・七三メートル）の狭い店だ。その前を素通りしてから、自身番に向かった。

玉砂利を踏み、自身番に顔を出す。

「これは梶井さま」

月番で詰めていた家主が挨拶《あいさつ》をする。

「ちょっとききたいのだが」

と、扇太郎は切りだした。

「そこに『高雅堂』という小間物屋があるな」

「はい」

「主人は利三郎という三十前後の男だな」

「そうです」

「あの店はいつから？」

「三年前です」

「繁盛しているのか」

「あまり客は入っていないようですが、武家屋敷に品物を納めているようで、そこ
そこはやっていけているようです」

「武家屋敷に品物を？」

「はい。小間物の行商をしていて客を摑《つか》み、三年前に店を開いたそうです」

「かみさんは？」

「独り身です。若い奉公人とふたりだけです」

「利三郎はどんな男だ？」

「腰の低い、穏やかなひとです」

家主が真顔になって、

「利三郎さんが何か」

と、訝《いぶか》ってきいた。

「いや、たいしたことではない」

扇太郎がなおもきいた。

「利三郎の評判はどうだ？」

「悪い噂は聞きません」

「そうか。邪魔をした」

扇太郎と伝八は自身番を引き上げた。

『高雅堂』の前に戻ってきた。

店に入ると、香が焚《た》いてあり、甘い香りが漂っていた。

店番の若い男に、伝八が声をかけた。やせて、青白い顔をした男だ。

「主人の利三郎はいるか」

「はい。少々お待ちください」

若い男は奥に引っ込み、すぐに三十前後と思える男を連れてきた。

「利三郎ですが」

男は挨拶をした。

「南町の定町廻《じょうまちまわ》りの梶井扇太郎さまだ。俺は手札をもらっている伝八だ。ちょっとききたいことがある」

「はい」

利三郎は落ち着いていた。

「ここに店を開いて三年だそうだな」

扇太郎がきいた。

「はい、そのとおりで」

「その前はどこに？」

「麴町《こうじまち》にある小間物問屋から品物を仕入れ、行商をしていました」

「なんという店だ？」

「『京屋《きょうや》』です」

「『京屋』か」

扇太郎が頷くと、

「最近、向島に通っているようだな」

と、伝八がすかさずきいた。

「いけませんか」

「誰もいけないなんて言ってない。ただ、金がかかるだろうと思ってな」

伝八が応じる。

「私は女房がいるわけではなく、稼いだ金は自分だけに使うことが出来ますので。逆にいえば、そのぐらいの楽しみがなければ、生きている甲斐《かい》がありません」

利三郎は笑った。

「なぜ、かみさんをもらわないのだ？」

扇太郎がきいた。

「私は気ままに生きたいほうなので……。こんな亭主ではかえってかみさんを不幸にしてしまいかねません」

「ここは場所柄としちゃあどうだ？　客がわざわざ来るには不便なようだが」

「はい。武家屋敷が得意先なので」

「武家屋敷に品物を納めているのか」

「はい、お女中衆に櫛《くし》や簪《かんざし》、あるいは紅などを届けております。店での商売よりも売上げははるかに多いので」

「なるほど」

あまりにそつがなく答える利三郎に気圧《けお》されたようになった。不審なところは見当たらず、扇太郎は店番の男のことをきいた。

「こっちの奉公人は店をはじめたときからいるのか」

「いえ、三人目です。最初に雇った男は半年後に売上げを持ってずらかり、二度目の男は客との喧嘩《けんか》が絶えずやめてもらいました。この元吉《もときち》は一年半になります」

利三郎はにこやかに答える。

扇太郎は元吉に顔を向け、

「いくつだ?」

と、きいた。

「はい。十九です」

「どこの出だ?」

「小舟町《こぶなちょう》にある『室井屋《むろいや》』という下駄《げた》屋の親戚《しんせき》の者です」

元吉は答えた。

「下駄屋の倅《せがれ》？」

「旦那。何のお調べでしょうか」

利三郎がきいた。

「たいしたことではない」

「そうですか。で、お疑いは晴れたのでしょうか」

「いや、疑ってのことではない。気にするな」

「さようで」

「邪魔をした」

扇太郎と伝八は『高雅堂』をあとにした。

それから、ふたりは小舟町にある『室井屋』を訪ね、元吉のことをきいた。

主人は元吉は遠縁の者だと言い、体が弱いので楽な仕事につかせていると答えた。

『室井屋』をあとにし、伝八が言う。

「元吉が錠前屋だったら疑いが濃くなりましたが、どうやら利三郎は闇猿とは関係なさそうですね」

「うむ」

扇太郎は、だがまだすっきりしなかった。

それから、扇太郎と伝八は受け持ちの下谷《したや》・浅草方面の町廻りのために筋違御門《すじかいごもん》を抜け、御成街道《おなりかいどう》に入った。

下谷広小路《ひろこうじ》を歩いていると、前方から尻端折《しりはしょ》りをした男が駆けてきた。

「おや、松助《まつすけ》だ」

伝八が不審そうな顔をした。

松助も気づいて、扇太郎と伝八の前に駆け寄ってきた。

「梶井の旦那に親分。たいへんだ。今、『山代屋《やましろや》』から訴えがあった。昨夜《ゆうべ》、五百両が盗まれたそうです」

「なんだと」

『山代屋』は池之端仲町《いけのはたなかちょう》にある紙問屋だ。

「番頭が千両箱がずれて置いてあることに気づいて中を見たら、五百両がなくなっていたそうです」

「よし」

扇太郎と伝八は松助とともに池之端仲町に急いだ。

目抜き通りの中程に、大きな屋根看板が出ている『山代屋』があった。松助は裏口から入った。

広い庭の植込みの間を抜け、土蔵にやってきた。町役人が番頭らしき男から話を聞いていた。

「梶井さま」

町役人が扇太郎に気づいた。

「五百両、盗まれたそうだな」

「そうなんです。こちらが番頭さんです」

番頭が会釈をした。

「盗まれたことがわかったのはいつだ？」

「はい。最前、調べ物があって土蔵に入ったとき、千両箱の位置がずれているような気がして中を調べたのです。そしたら、金がなくなっていることに気づきました」

番頭が答える。

「仕舞い忘れではないのか」

「いえ、昨夜五つ（午後八時）に売上げを仕舞いに手代といっしょに土蔵に入りました。そのときはちゃんとありました」

「五つには間違いなくあったのだな」

「はい」

「土蔵の鍵《かぎ》は?」

「ちゃんとかけました。さっき入るときも錠前を開けて入りました」

「そうか」

扇太郎は土蔵の扉の前に行き、しゃがんで錠前を調べた。鍵穴に何かでこすったような跡があった。間違いない。同じ盗人《ぬすっと》だ。

「伝八、見てみろ」

扇太郎は伝八と代わった。

鍵穴を見ていた伝八が、あっと声を上げた。

「『佐倉屋《さくらや》』と同じですね」

田原町にある古着屋の『佐倉屋』も半月前に土蔵を破られた。やはり、鍵穴にこすったような跡があった。

先月は芝《しば》と麴町の大店《おおだな》で土蔵を破られ、それぞれ五百両が盗まれていた。

昨夜は利三郎は向島から四つ(午後十時)近くに霊岸島に帰ってきたのだ。それから、池之端仲町までやって来たとは思えない。

「やはり、利三郎ではないか」

扇太郎は呟《つぶや》いた。

「そうですね。でも」

「でも、なんだ？」

「夜中に行ったかもしれないと思ったんですが」

「うむ」

扇太郎は首を傾げた。

「梶井さま」

番頭が近づいてきた。

「やはり、今、世間を騒がせている盗人でしょうか」

「そうだ。千両箱もわざとずらしておいたのだ」

「…………」

「同じ盗人だとすると、置き手紙があったはずだ。気づかなかったか」

これまでの三件とも、闇猿と記された置き手紙はあった。

「土蔵の中を調べたい」

「はい」

番頭といっしょに土蔵に入る。

「どこかにあるはずだ」

扇太郎が言うと、番頭があっと声を上げた。

「落ちていました」

番頭が置き手紙を拾った。

「五百両頂戴《ちょうだい》、闇猿」と記されていた。

最初の盗みのあと、錠前屋に聞込みをしているが、怪しい者に引っ掛かりはなかった。

錠前屋が盗人になったのではなく、もともとの盗人が錠前を破れる技を身につけたのであろう。

利三郎にはその技はない。だが、錠前破りを得意とする盗人と手を組んだら……。

わざわざ闇猿の置き手紙を残しているのはやはり盗みを専門にしてきた自信の表われではないか。

扇太郎は、もう少し利三郎に目を向けておく必要を感じた。

三

その日の夕方、新吉は『桔梗家』に行った。

「失礼します」

部屋に上がり、居間に顔を出し、長火鉢の前にいるお波に挨拶《あいさつ》をする。

「新さん、今夜は『桜家』さんだよ」

お波は長煙管《ながキセル》を持ったまま言う。

「どちらさまで？」

「『天野屋《あまのや》』の旦那《だんな》よ」

札差『天野屋』の主人の徳兵衛《とくべえ》だ。徳兵衛は三十七歳、歌舞伎役者の後援をしたり、自身も長唄《ながうた》をやる。江戸一番の美妓《びぎ》と謳《うた》われた柳橋の美代次《みよじ》を贔屓《ひいき》にしていたが、向島のお葉の評判を聞きつけると、向島にも足繁く通うようになった。

お波と世間話をしていると、芸子島田に結ったお葉と髪結いが階段を下りてきた。

「姐《ねえ》さん。失礼します」

髪結いが顔を出し、お波に挨拶をした。

「ご苦労さん」

お波が声をかけた。

「新さん、じゃあお願いね」

お葉が言う。

「へい」

新吉は立ち上がって隣の部屋に行き、座敷着に着替えるお葉の着付けをする。お葉は着付けをしやすいように両手を上げたり、体の向きを変えたりする。

箱屋は道楽のなれの果ての仕事だと言われている。大の男がすることかと、新吉の親が見たら嘆くであろう。箱屋は芸者の使い走りであり、花街での地位は低い。

それでも、新吉はお葉のために働いている。

「へい。お疲れさまです」

帯の結び目をぐいと締め上げ、新吉はお葉に声をかけた。艶《あで》やかな座敷着の裾《すそ》には梅の花がちりばめられている。

「ありがとう」

お葉は満足そうに言う。

お波の前で少し落ち着いてから、

「姐さん、そろそろ行きましょうか」

と、新吉は腰を上げた。

左手で着物の褄《つま》をとり、お葉が土間に下りると、お波が縁起棚から火打ち石をとってお葉の肩先で鳴らした。

新吉は三味線の箱を持って、お葉に続いて外に出た。なま暖かい風が吹いてきた。

西の空は夕焼けに赤く染まっていた。

料理屋『桜家』の裏口から入り、勝手口に行くと女中頭のお豊《とよ》が出てきた。

「お願いします」

新吉が声をかける。

新吉は三味線の箱を箱部屋に持って行った。芸者の控えの部屋である。

「じゃあ、姐さん。あとで迎えに参ります」

新吉はお葉に声をかけて勝手口に戻った。

新吉はお豊にきいた。

「きょうは『天野屋』の旦那だそうですが、お連れは？」

「柳橋からふたり」

「美代次姐さんでは？」

「いえ、今夜も美代次さんはいないわ」

「どなたですね？」

「夢吉《ゆめきち》さんよ」

　夢吉は美代次に代わった柳橋一の売れっ子になろうとしている若い芸者で、徳兵衛が美代次から夢吉に贔屓を乗り換えたと噂が立った。

「美代次姐さんはまだよくならないんでしょうか」

「さあ」

　以前に徳兵衛に美代次のことをきいたことがある。美代次は少し疲れているようで、あまり座敷に出たがらないとのことだった。

　新吉が美代次のことを気にかけるのはお葉と重なったからだ。

　江戸の名花と讃《たた》えられた美代次に対抗して夢吉という若い芸者が登場した。二十八歳になる美代次に対して、夢吉は十九歳だという。

　美代次は第一位の座を脅かされているのだ。美代次の有力な後援者である天野屋徳兵衛は夢吉を贔屓にしている。

　お葉にはお琴という若い芸者が現われた。向島に若い芸者はひとりという制約がある限り、お葉とお琴は並び立たない。

新吉はいったん『桔梗家』に戻った。

お琴はいなかった。

「姐さん。お琴ちゃんは？」

「秋葉さまにお参りに」

「そうですか」

「新さん、どうしたんだね。何か屈託がありそうだけど」

「ええ。『天野屋』の旦那、夢吉という芸者を連れてきたそうです」

「最近はそうらしいね」

「旦那は美代次姐さんから夢吉さんに乗り換えたようです」

新吉は眉根《まゆね》を寄せた。

「旦那がそう言ったのかえ」

「いえ。旦那にきいたら、美代次は体を壊しているからと」

「養生しているんじゃないの？」

「あっしが気になっているのは体を壊したわけなんです」

「わけ？」

「旦那が夢吉さんに乗り換えたことが美代次さんを苦しめているんじゃないかっ

て」

「新さん、美代次のことが気になるの？」

お波が新吉の顔を覗《のぞ》き込むようにしてきいた。

「いえ。そうじゃないんです。お葉姐さんのことが気がかりで」

「お琴のことだね」

「ええ。いずれ、お琴ちゃんは一本になります。向島の名花はひとりだけという決まりがある限り、ふたりは並び立ちませんね」

「…………」

お波は火箸《ひばし》を手に火鉢の灰をかきまわしている。

「姐さんはどう考えているんですかえ」

新吉は迫るようにきいた。

「新さんはどうなればいいと？」

「向島にひとりだけという決まりをなくせないんですか」

「難しいわ。ふたりにしたら、いずれ三人が四人となし崩し的に増えていく。そうなるでしょうね。そうなったら、吉原と同じ格式は許されなくなるでしょうね」

単に芸者といえば、吉原の芸者を指し、厳密にいえば他の土地の芸者は酌婦でしかない。芸者と呼べるのは吉原だけなのだ。公儀公認の吉原は他の土地より娼妓《しょうぎ》や芸者は格上である。

だから、他の土地の芸者には座敷着、簪《かんざし》、笄《こうがい》などに制約があり、吉原の真似は出来ない。三味線を入れる長箱も吉原だけが許される。

他の土地の芸者は二つ折りの三味線を風呂敷《ふろしき》に包んで運ぶのだ。

だが、向島の一輪の菖蒲《あやめ》、つまりお葉だけが吉原芸者と同じ真似が出来るのだ。

これは、お波が引き受けるに当たり、「吉原の芸者と同じで動けるなら」と『大村家』の旦那《だんな》に条件をつけたからだ。

『大村家』の旦那は吉原の遊廓《ゆうかく》の次男坊だった。その旦那が吉原に掛け合い、認めさせたというわけ。ただし、吉原芸者と同じく立ち振る舞える芸者はひとりだけということになった。

つまり、お琴が仮に向島で芸者として出ることが出来たとしても、お葉の芸者としての格式は剝奪《はくだつ》されてしまうかもしれない。

「新さんが心配しているのは、先々お葉が美代次さんみたいになるんじゃないかってことね」

「へえ。あと二、三年したら、お琴ちゃんは十七、八。眩《まばゆ》い芸者になっていることが想像されます。向島の旦那衆も、若いほうが……」

「新さん。考えすぎよ」

「そうでしょうか」

お葉に取って代わろうとする野心がお琴にあるのではないか。新吉はそんな心配もしている。

「それに、もし向島で芸者に出ることが出来ないのだったら、お琴ちゃんはよその土地に移ることも考えるようになってしまうんじゃないでしょうか」

お琴が土地の者ではない男とひそかに会っていたのは見かけたことがある。柳橋か深川のあたりから来た男ではないか。

格子戸が開いた。お琴が帰ってきた。

「新さん。このことは私に任せて」

「へえ」

「ただいま戻りました」

お琴がお波に挨拶《あいさつ》をした。

「じゃあ、あっしはそろそろ姐《ねえ》さんを迎えに」

新吉は腰を上げ、

「後口は『大村家』さんでしたね」

と、確かめた。

「ええ、お願いね」

お波の声を背中にきいて、新吉は『桔梗家』を出て行った。

新吉は『桜家』の勝手口から入って台所の隅で待っていると、お豊がお葉の三味線を持ってやってきた。

「新さん。『天野屋』の旦那が新さんに船着場まで見送って欲しいんですって」

お豊が言った。

「箱屋風情がお見送りだなんて」

新吉は遠慮した。

「旦那のご指名なんだから」

「わかりました。お葉姐さんを『大村家』さんまで送り届けたらまた戻ってまいります」

新吉が応じると、お葉が出てきた。

「姐さん、『大村家』です」

新吉は声をかける。

「ええ」

新吉とお葉は『桜家』から『大村家』に向かった。

「このあと、『天野屋』の旦那を送ってきます」

新吉は言う。

「お願いね。後口が入っていると知って、新吉に見送ってもらうと旦那が」

「わかりました」

鯉こく料理で有名な『大村家』の勝手口から入り、新吉は女中頭に三味線を預けた。

「じゃあ、姐さん。あとで」

新吉は『桜家』に戻った。

「ごくろうさん。じゃあ、門のところで」

お豊が言う。

「へい」

新吉は勝手口から表門にまわった。

門の脇で待っていると、賑《にぎ》やかな声が聞こえてきた。

野太鼓の敏八《びんはち》だ。どの花街にも籍を置かず、客のご機嫌をとる一匹狼の太鼓持ちだ。『天野屋』の徳兵衛に気に入られ、いつもついてくる。

女将《おかみ》に見送られて、徳兵衛たちが出てきた。年増芸者と華やかな感じの若い芸者がついてくる。夢吉だ。目鼻だちがはっきりし、京人形のような顔だちだ。

「新吉、すまないな」

徳兵衛が声をかけた。

「いえ」

女将やお豊に見送られて、徳兵衛の一行は土手に向かって歩きだした。徳兵衛はふたりの芸者と並んでいた。敏八がしきりに何かを言って芸者を笑わせていた。

そのうち、ふと夢吉が新吉のところに近づいてきた。

「新吉さんね」

鼻にかかった声だ。濡《ぬ》れたような小さな唇が形よく開く。

「へえ」

「夢吉です。新吉さんの噂は聞いているわ」

「そうですか」

夢吉は美代次に遜色《そんしょく》ないような美形だ。ただ、美代次は凜《りん》とした美しさだが、夢吉は若いのに色っぽくなまめかしい。

「新吉さんは美代次姐さん……」

敏八が近寄ってきたので、夢吉は言葉を切った。

「夢吉姐さん。このひと、箱屋ですよ。さあ、こっちへ。旦那がお呼びですよ」

強引に夢吉を引っ張って行った。

土手に近づいたとき、徳兵衛が近づいてきた。ふたりの芸者は敏八が相手をしている。

「新吉」

徳兵衛が声をかける。

「頼みがある」

「なんでしょうか」

「美代次のことだ」

「美代次姐さんがどうかしましたか」

「体を壊して養生をしているそうだ。ずっと座敷に出ていない。じつは、美代次の面倒をみているという婆さんがわしのところにやってきてな。医者に診てもらっても思っているようなところはないそうだ。美代次はときたま寝言で新吉の名を呼んでいるという」

「…………」

「新吉とは向島の箱屋のことだとわかった。で、婆さんが、わしに新吉に美代次の見舞いにくるように頼んでくれないかと」

「見舞いですか」

新吉はかすかな戸惑いを抱いた。

「向島の箱屋が柳橋の姐さんの見舞いに行くというのは……」

「美代次はそなたを気に入っていた。いや、美代次はそなたに惚《ほ》れていたんだ。男嫌いで通っている美代次が心底惚れたのかもしれない」

「旦那《だんな》、待ってください。美代次姐さんの気持ちを勝手に想像しては……」

「いや。想像ではない」

徳兵衛ははっきり言う。

「前から感じていた。美代次のおまえを見る目はふつうではなかった。婆さんは恋煩いかもしれないと言っていた」

「まさか」

新吉は苦笑した。

「旦那。仮にそうだとしても、あっしは何の力にもなってやれませんぜ」

「婆さんが言うには、ただ顔を見せてくれればいいと」

「………」

「新吉。俺からの頼みだ。このとおりだ。このまま美代次を終わらせたくない。また元のように柳橋の名花として蘇《よみがえ》ってもらいたいのだ」

「旦那。あっしは美代次姐さんの不調の原因は他にあるんじゃないかと思います」

「他に？」

「そうです」

「なんだそれは？」

「あっしの想像ですが」

新吉は前を行く夢吉のほうに目を向けた。

「夢吉か」

徳兵衛が呟《つぶや》いた。

「夢吉さんの芸はいかがですか」

「踊りも三味線も一流だ。声もいい。美代次に負けないだろう」

徳兵衛は眉根《まゆね》を寄せて、

「夢吉が出てきたことが美代次を追い込んだというのか」

と、きいた。

「あっしはそうじゃないかと」

「違う」

徳兵衛はきっぱりと言った。

「美代次はそんな弱い女ではない。勝気な女だ。それに、いくら夢吉が伸《の》してきているとしても、まだまだ負けるとは思っていないはずだ」

「そうでしょうか」

新吉は小首を傾げた。

「美代次の目にはまだ夢吉は入っていない。美代次が見ているのはお葉だ」

「お葉姐《ねえ》さん……」

「姿形や芸だけではない。新吉、おまえだ」

徳兵衛は溜《た》め息混じりに、

「新吉がお葉についている。そのことは悶《もだ》え苦しむほどのことだったのではないか」

「あっしには考えられません」

新吉は首を横に振った。

「いずれにしろ、美代次に会いに行ってくれないか。婆さんの名はお粂《くめ》。家は入谷《いりや》だ。新吉。このとおりだ」

徳兵衛は頭を下げた。

「旦那、お顔を上げてください」

新吉はあわてて言い、

「わかりました。折りを見て行ってみます」

「頼んだ」

「はい」

先に土手に上がった敏八たちがこっちを見ていた。

船着場に着くと、屋根船が待っていた。

「新吉、ご苦労だった」

徳兵衛が声をかけて船に乗り込んだ。船の中にも酒の支度が出来ている。

船が岸を離れるのを見送って、新吉は踵《きびす》を返した。

『大村家』の勝手口で待っていると、女中頭がお葉の三味線を持ってきた。

三味線の箱を受け取って待っていると、お葉が出てきた。

挨拶《あいさつ》をして、『大村家』を引き上げた。

「新さん。『天野屋』の旦那をお見送りしたの？」

「ええ。しました」

「ほんとうは、あの旦那、新さんに頼みごとがあったんじゃないかしら」

「へえ、そうです」

「なに？」

一瞬躊躇《ためら》ったが、新吉は正直に答えた。

「美代次姐さんは体調がいまだ優れず、入谷で養生をしているそうです。あっしに見舞いに行ってくれと」

「そう」

一瞬、顔が強張《こわば》ったような気がしたが、すぐ表情を和らげ、

「私も心配だから見舞いに行ってちょうだい」

と、口にした。

『桔梗家』に帰るまで、お葉の口数が少なかった。新吉もなんとなく気が重いまま、お葉を送り届けた。

四

翌朝。扇太郎が奉行所に出仕すると、年番方与力の木戸《きど》文左衛門《もんざえもん》に呼ばれた。

玄関を入り、年番方与力部屋に急いだ。

文左衛門は文机《ふづくえ》に向かっていた。

「木戸さま。梶井扇太郎が参りました」

扇太郎は声をかけた。

机の上の書類を片付け、文左衛門は振り向いた。

「近くに」

「はっ」

扇太郎は膝《ひざ》を進めた。

「お奉行は来月末で退任することになりそうだ」

文左衛門が厳しい顔で言う。

「えっ」

扇太郎ははっとし、

「では、八巻さまが？」

と、厳しい顔できいた。

「そうなるらしい」

南町奉行が退任し、その後継に勘定奉行の笠木嘉門がなることが内定していた。だが、笠木嘉門が殺された。

当初は勘定奉行の座を狙った大畑秀衡の仕業かに思われたが、笠木嘉門は南町奉行への転身が決まっていたとなると、大畑秀衡の仕業ではないことになった。

その後の調べで、南町奉行の後任の候補にはもうひとり小普請組支配の八巻貞清がいた。笠木嘉門が亡くなったとなれば、八巻貞清が南町奉行に就くことになるのだが、今の南町奉行はご老中に今しばらく奉行を続けたいと頼んだ。表向きは、残虐な事件を解決させるまではやめられないということだが、実際は別の理由だった。

お奉行は八巻貞清が後任になることを望んでいなかったからだ。八巻貞清には贈賄など、幾つかの不正の疑いがあった。そのことから町奉行にふさわしくないと思われているのだ。それで、しばらく続けたいと願い出た。老中はあくまでも交替をさせるつもりでいたようだが、他の老中がお奉行の願いを聞き入れた。

南町奉行がしばらく奉行を続けることになってから、江戸市中に凶悪な押込みや辻強盗《つじごうとう》が横行した。このままでは南町奉行は老中から責任を追及され、お奉行の立場がなくなるかもしれない危機が迫っていた。

残虐な押込みや辻強盗は世の中を不安に追いやり、その責任をお奉行にかぶせ、解任させるためだったのではないか。黒幕は八巻貞清だ。

だが、八巻貞清が黒幕だという証《あかし》はなかった。ただ、笠木嘉門の暗殺や押込み、辻強盗などを裏で操っていたのが茂太という男だとわかっている。

だが、茂太の正体はわからない。ただ、箱屋の新吉が唯一茂太と何度か顔を合わせていた。この茂太は八巻貞清の家来の可能性がある。

「一連の押込みと辻強盗は八巻貞清が後ろで糸を引いていたかもしれないと、お奉行は気になさっている。我らとて、そのような疑いのある者をお奉行として仰ぐわけにはいかない」

「はい」

「その後、どうなのだ？」

「動きがありません。市中には闇猿という盗人《ぬすっと》が暗躍をしておりますが、金を盗むだけでひと殺しはしていません。この闇猿の背後に、茂太がいるようには思えません」

扇太郎は説明した。

「やはりな。敵は市中を混乱に陥れて責任をお奉行に負わせようとした。だが、今回、お奉行の退任が決まったことで、何もせずに二月末を待つだけでいいのだ」

「八巻さまの悪行を老中に訴えることは出来ないのですか」

「証がない。八巻さまの非道を明かせねば、かえって誹謗《ひぼう》中傷したとして八巻さまに訴えられてしまう」

文左衛門は鋭い目を向け、

「よいか。至急に八巻貞清さまが黒幕だったかどうか調べるのだ。さもないと、ここ南町に新奉行として……」

と続け、最後の言葉は濁した。

「わかりました。必ず」

扇太郎は誓って言う。


その日の夕七つ（午後四時）過ぎ、扇太郎と伝八は向島の新吉の家を訪ねた。

戸を開けて、土間に入る。新吉は唐桟《とうざん》の着物に博多献上帯を締めたところだった。

「あっ、梶井の旦那《だんな》」

「これから仕事か」

「へえ。少しぐらいなら」

「よし」

扇太郎は腰の刀を外して上がり框《がまち》に腰を下ろした。伝八は土間に立っていた。

「利三郎さんのことですか」

「いや。違う」

「そうですか」

新吉はほっとしたように答える。

「利三郎のことはまだこれからだ」

「疑っているんですか」

「いや、証があるわけではないので疑うまではいっていない」

「でも、その可能性があると?」

「わからん」

「利三郎さんのことを調べたのですね」

「うむ、いちおうはな」

扇太郎は答えて、

「利三郎は霊岸島町で『高雅堂』という小間物の店を開いている。独り身で、奉公人がひとりいるだけだ。客がそんなに来ているような店には見えない。ただ、利三郎は武家屋敷に出入りをしているのでそこそこ売上げがあるらしい」

「そうですか」

「奉公人は十九歳で、とうてい錠前破りが出来るような男とは思えない。もし、利三郎が闇猿なら他に錠前破りの仲間がいるということだ」

「聞いた限りでは、利三郎さんを闇猿にするには無理があるようです」

「俺たちは誰でも疑《うたぐ》ってかかるんだ。因果な商売だ」

扇太郎は苦笑したが、新吉は表情を変えなかった。

「新吉。じつはとんでもないことになった」

扇太郎は真顔になって言った。

「とんでもないこと？」

新吉は厳しい顔になった。

「二月末で、お奉行が退任することになった。後任は八巻貞清に決まりだそうだ」

「ばかな。もっともお奉行にふさわしくない人物ではありませんか」

新吉が抗議をした。

「しかし、そう思っているのは我々だけだ。笠木嘉門さまは病死とされ、凶悪な押込みと辻強盗は茂太という男が背後で糸を引いているとわかっただけだ。その茂太の素姓はわからない」

「へえ」

「なんとかお奉行が退任されるまでに八巻さまの悪事を暴きたい。それには新吉だ」

「へえ」

「そなたに茂太を捜し出してもらわねばならない」

「そうですね」

新吉は困惑したような顔をした。

「八巻さまの家来だとしたら、茂太は駿河台《するがだい》の屋敷にいるのではないか」

扇太郎はぐっと身を乗り出し、

「八巻さまの屋敷を見張り、茂太を見つけ出してはくれぬか」

扇太郎は顔を歪《ゆが》め、

「このまま鳴りを潜められたら探索するすべがない。こっちから捜しに行くしかない」

「…………」

新吉は返答に窮しているようだ。

「新吉」

扇太郎は返答を求めた。

「あっしもそうしたい。でも、仕事があります」

「お葉の世話を誰かに代わってもらうわけにはいかぬのか」

「箱屋はあっししかおりません」

『桔梗家』に仕込みっ子のお琴がいるではないか。あの者に代わってもらえぬか」

「…………」

「これは江戸の民たちの安全と安心に関わっているのだ」

「わかっていますが……」

お葉の世話をするのは自分の役目だと思っているのだろう。だが、八巻貞清を思い通りにさせてはならないという思いは新吉にもあるはずだ。

「新吉。これは私利私欲ではない」

扇太郎は強い口調になった。

「わかりました。こっちの仕事に差し障りがないようにして調べてみます」

やっと新吉は口にした。

「頼んだ。俺たちがお屋敷のまわりをうろついていることがわかったら、あとでどんな仕打ちを受けるかもわからないのでな」

「じつは、あっしの近くに不審な男が現われています」

新吉が打ち明けるように言う。

「殺し屋か」

「はい。茂太が放った殺し屋でしょう。でも、襲ってきませんでした」

「不用意に襲えば返り討ちに遭うと用心していたのだろう。いずれにしろ、そなたさえいなければ枕を高くして眠れるからな」

「じゃあ、その殺し屋をとっつかまえれば」

伝八が口を入れた。

「これまでもそうでしたが、茂太に金で頼まれただけなんです。捕まえて問いつめても無駄です。何も知らないんですよ」

「うむ」

扇太郎は唸《うな》った。

「やはり、こっちから積極的に調べにいかないとなりませんね」

新吉は覚悟を決めたように言う。

「そうだ。八巻貞清がお奉行になるのはなんとしてでも防がなくてはならぬ。奉行職につきたいがために暗殺や騒乱を起こす者が江戸の治安を守れるはずはない」

扇太郎は腹の底から声を出して言う。

「ちょっとわからないんですが」

新吉が口を開いた。

「それほどまでして町奉行になりたいものなのですか」

「それはそうだ。町奉行になればかなりの権力を得るだけでなく、その後の出世も約束される。それに、付け届けも半端ではない」

扇太郎は口元を歪めた。

「危ない橋を渡ってまでもなりたいものですか」

新吉は呟《つぶや》くように言ってから、

「どういうわけで、八巻さまは町奉行の候補に？　不正を働いているという噂があるお方だそうではありませんか」

と、きいた。

「まあ、老中方に付け届けをしているのだろう」

「付け届けですか」

「おそらく、老中のどなたかに深く取り入っているのかもしれないな」

扇太郎は冷笑を浮かべ、

「世の中、まっとうな者が正しく評価されるとは限らんからな。いや、狡賢《ずるがしこ》い奴が出世していく。嘆かわしい。だが、八巻だけはだめだ。なんとしてでも阻止せねばならぬ。頼りはそなただけだ。頼んだ」

八巻が町奉行にふさわしくないという証《あかし》があれば何の苦労もないが、それが見つからない以上、新吉を頼るしかなかった。

扇太郎と伝八は新吉の家を出て墨堤に上がった。

春の風だ。しばらくすれば桜も芽吹く。大川《おおかわ》には屋根船がたくさん出て、白魚船も漁をしていた。

「旦那《だんな》。屋敷の周辺を見張っているだけで茂太を捜し出せましょうか。やはり、屋敷の中に忍び込まないと」

「うむ。だが、新吉にそこまではやらせられない。新吉を出入りの商人《あきんど》といっしょに八巻の屋敷を訪れさせることも考えたが、やはり危険は大きい。茂太の顔を知っているのは新吉だけだか、茂太のほうは茂太以外にも新吉の顔を知っているのだ。

顔を晒《さら》せば、すぐ正体は見破られる」

水戸家《みとけ》の下屋敷の前を過ぎ、吾妻橋の袂《たもと》をそのまま川沿いに両国橋《りょうごくばし》に向かった。

石原町《いしわらちょう》にやってきた。ふと、道具箱を担いで尻端折《しりはしょ》りをした男が町角から出てきた。男はふたりの前を行く。

「旦那。錠前屋ですぜ」

伝八が言った。

その意味がわかった。闇猿のことを思い描いているのだ。

「よし。念のためだ」

扇太郎と伝八は足早になった。

「ちょっといいかえ」

伝八が追いついて声をあげた。

錠前屋は驚いたように足を止めた。

「へえ」

扇太郎と伝八を交互に見た。

「錠前屋だな」

伝八が確かめる。

「へえ、さようで」

「どんな錠前でも開けられるのか」

伝八がきく。

「特別な錠前でなければ、開けられます」

「最近、錠前屋の仲間で羽振りがよくなった者はいないか」

扇太郎がきいた。

「さあ、気がつきませんが」

錠前屋は首を横に振る。

「名人と言われる錠前屋はいるのか」

「名人といえば、助三《すけぞう》とっつぁんでしょうね」

「助三？」

「ええ。何人も弟子を育てました。あっしもそのひとりです」

「助三は今も現役か」

「いえ、五年前の五十歳のときに引退しました。もう町中を歩くのもしんどいと」

「そうか。で、今どこに住んでいるのだ？」

扇太郎は助三に会ってみたいと思った。

「本所入江町《ほんじょいりえちょう》の日陰長屋です」

「日陰長屋？」

「ええ。一日中、陽が射さない長屋です」

「そうか。わかった。ところで、おまえさんの名は？」

「兼助《かねすけ》です。深川佐賀町《さがちょう》に住んでいます」

「呼び止めてすまなかった」

「へい」

兼助と別れ、扇太郎と伝八は横川《よこかわ》まで出て、入江町に向かった。

日陰長屋は商家の土蔵にはさまれていて、日当たりの悪そうな長屋だった。

助三の住いはすぐわかった。

伝八が腰高障子を開けた。

「ごめんよ」

「誰だえ」

奥から声がした。

「南町の梶井扇太郎さまと手札をもらっている伝八ってものだ。助三か」

土間に入って、伝八が言う。

「これはどうも」

不精髭《ぶしょうひげ》を生やした年寄りが這《は》うようにして上がり框《がまち》まで出てきた。

「どうした、歩けないのか」

伝八がきいた。

「立ち上がるのが面倒臭いだけで。歳とると、何ごとも億劫《おっくう》になっちまいましてね」

「まだ、元気そうではないか」

扇太郎は声をかける。

「へえ、体だけは丈夫ですが、もう歩き回る根性がありません」

助三は自嘲《じちょう》ぎみに言ったあとで、

「あっしに何か」

と、訝《いぶか》しげにきいた。

「おまえさんが錠前屋の名人だと聞いてな」

「名人っていったって昔のことです」

目をしょぼつかせて言う。

「弟子もたくさんいたそうだな」

「錠前の修理を教えただけで、弟子っていうほどの関係はありませんよ」

助三は苦笑した。

「おまえさんが技を教えたのなら弟子といってもいいだろう。中には邪《よこしま》な思いで来ている奴もいたんじゃないのか」

「邪ですかえ」

「そうだ。皆錠前屋になろうって者ばかりではなかったのではないか。中には裏家業の輩《やから》だっていたんじゃないか」

「…………」

助三は顔をしかめた。

「どうした？」

「いえ。あっしは教えを乞《こ》う者には皆教えた。そいつがどんな目当てで来ているかなんか詮索《せんさく》しねえ」

「おまえさんから教わった錠前破りの技を夜働きに使っている不届き者がいるかもしれないと考えたことがあるか」

「ありませんね」

助三は一笑に付した。

「最初から錠前屋になる気がなかった者や錠前屋をやめた者などに心当たりはないか」

「さあ、そんな奴は……」

助三が首を傾げながら、

「そういえば五年前にやってきた男は堅気には思えなかった。なかなか器用な男で難しい錠前の修理も難なくこなせるようになった。その後、錠前屋になったって話は聞かない」

「名は？」

「竹蔵《たけぞう》だったと思うが」

「どんな感じの男だ？」

「小柄で身が軽そうな男だったな。二十五、六歳だったように覚えていますがねえ。そうだ」

助三は思いだしたように、

「あっしは一度、竹蔵にこんな冗談を言ったことがありますよ。おめえ身が軽そうだからどこの土蔵にも忍び込めるなと」

「そしたら？」

「笑っていました」

「竹蔵がどこに住んでいたか知っているか」

「いえ。自分のことは何も話しませんでしたから」

「そうか。竹蔵以外に、気になった者はいるか」

「そうですね」

助三は考えていたが、ふいに顔を上げた。

「そうそう、以前は軽業師だったという二十七、八歳の男が来たことがあります」

「なに、軽業師？」

「ええ、梅次郎《うめじろう》と名乗ってました。軽業の最中に綱から落ちて、そのまま廃業したそうです。この男は不器用で、細かい作業は苦手でしてね。結局、諦《あきら》めて途中でやめていきました。今、どうしているか」

「どこに住んでいた？」

「いえ、知りません」

「軽業師をしていたのはいつごろか」

「十年近く前のことのようです」

「梅次郎に教えたのはいつのことだ？」

「やはり、五年前です。竹蔵がやってくる半年前でした」

「その後、梅次郎とも会っていないのだな」

「会ってません」

「竹蔵と梅次郎は顔を合わせていないのか」

「ええ、時期は少しずれていましたから」

「竹蔵や梅次郎が教えを乞いに来ていたとき、他に来ていた男はいるか」

「いえ、いません」

「竹蔵と梅次郎に会った可能性のある者はいないのか」

「いないでしょうね」

助三は頷《うなず》いて言う。

「もし、あとでふたりのことで何か思いだしたら教えてもらいたい。邪魔した」

扇太郎と伝八は日陰長屋を後にした。

念のために竹蔵と梅次郎のことを調べようと、扇太郎は思った。

五

その夜、新吉は利三郎とお葉のあとについて三囲稲荷《いなり》社までやってきた。

ふたりは神社の鳥居をくぐった。

夕方にやってきた扇太郎の様子から、利三郎に対する疑いが払拭《ふっしょく》されていないようだが、確たる証《あかし》もないようだ。

新吉は利三郎の足の運びに注意を向けた。摺《す》り足のなめらかな動きだ。身も軽そうだ。

確かに、前回からそう日を置かずに向島に遊びにきた。柳橋の船宿の船を借り切り、船を待たせて向島の『桜家』でひとときを過ごす。

利三郎に対する不審は向島に頻繁にやってくることだ。度重なれば使う金はばかにならない。

新吉は鳥居の近くで待った。ふたりは本殿に向かって手を合わせていた。

やがて、引き返してきた。脇に避《よ》けて、ふたりをやり過ごそうとした。が、お葉が新吉のそばにやってきた。

「新さん、旦那《だんな》が新さんに話があるって」

「あっしにですか」

新吉は利三郎に向かって頭を下げた。

利三郎が近寄ってきた。

「新吉さん。ちょっとよろしいですか」

「へえ。なんでしょうか」

「おまえさんのような男がどういうわけで箱屋をやっているのか興味を持ちましてね」

「そんなたいしたわけはありません」

新吉は首を横に振る。

「そうかな」

利三郎は微笑んだ。

「一度私の店に遊びに来てくれないか。深く詮索するつもりはないが、少し新吉さんのことが知りたいんだ」

「こんな箱屋風情の話など面白おかしくもありませんが」

新吉は遠回しに断ろうとした。

すると、利三郎が新吉の耳元に口を寄せ、

「油木《ゆき》新次郎《しんじろう》どのでは？」

と、低い声で言った。

新吉ははっとして、利三郎の顔を見た。利三郎の目が鈍く光った。どうして、利三郎が新吉の過去を知っているのか。

「お葉さんが訝《いぶか》しがっています。私の店は霊岸島町の『高雅堂』という小間物屋です」

利三郎はそう言い、返事もきかずに新吉の前を離れた。

新吉はなぜ、利三郎が新吉のほんとうの名を知っているのかが気になった。利三郎はお葉とともに桟橋のほうに向かった。

新吉は気を取り直してあとを追う。

新吉は十年ほど前まで仙北藩《せんぼく》の近習番士だった。利三郎は新吉が武士を捨てた理由まで知っているような気がした。

柳橋の船宿の猪牙船《ちょきぶね》が桟橋に着いた。利三郎が船に乗り込むのを新吉は見送る。

暗い川面《かわも》を滑るように船は遠ざかっていった。

「新さん。旦那の話ってなんなの？」

「一度、お店に遊びにこないかと」

「ずいぶん新さんのことを気にしていたけど」

お葉は不思議そうに言う。

「どうするの？」

「姐《ねえ》さんの大事なお客さまですから、無下には出来ません」

「そう……。でも、なぜ新さんのことを」

「なぜでしょうか」

新吉もそう言ったが、想像がつく。

利三郎はお葉に惹《ひ》かれている。だから、新吉とお葉の関係が気になってきたのではないか。

しかし、利三郎はただの商人《あきんど》とは思えなかった。足の運びといい、一瞬に見せた眼光の鋭さ。殺気のようなものは感じないが、利三郎には修羅場をくぐってきたような凄《すご》みのようなものを感じた。

「さあ、帰りましょうか」

新吉は踵《きびす》を返した。

お葉を『桔梗家』に送り届けたあと、新吉は家に寄らず、そのまま水戸家の下屋敷の裏近くにある茂助《もすけ》の家に行った。

新吉は戸を開け、

「とっつぁん、夜分にすまねえ」

と、土間に入った。

「おお。新さんか。ちょうどよかった。いっしょにやらねえか」

茂助は夕餉《ゆうげ》の残り物の焼き魚を肴《さかな》に、あぐらをかいて酒を呑《の》んでいた。竹屋の渡し船の船頭だった男だ。独り身で、五十を過ぎている。

新吉は部屋に上がった。

茂助は湯呑みを持ってきて、酒を注いでくれた。

「すまねえ」

新吉は湯呑みをつかみ口に運んだ。

「うまい」

「新さん。まだ、狙われているんじゃないのか」

茂助が厳しい顔になってきいた。

「うむ。俺がいる限り、枕を高くして眠れない輩《やから》がいるんだ。今のところ、妙な奴がうろついているが、不用意には襲ってこない」

「数日前の夜、新さんの家の裏で怪しい男を見かけたんだ。留守中、何か細工をするかもしれないから気をつけたほうがいい」

「家の中に入られた形跡はない」

「食い物に毒でも混ぜられたら怖いからな」

「注意をしよう」

「それから付け火だ」

「付け火」

「新さんが寝入っているときに家に火を放つつもりじゃねえかと」

「あの家に火を付けられたらひとたまりもない。だが、狭い家だから燃えるものも少ない。あっしを焼き殺すのは難しい」

「そうだな。ここもそうだが壁に体当たりをすればすぐ外に出られるものな」

茂助は自嘲《じちょう》ぎみに笑った。

「どうだ、もう一杯」

茂助が徳利《とっくり》を寄越《よこ》した。

「すまねえ」

新吉は受け取って湯呑みに注いだが、すぐ空になった。

「新しいのを持ってくる」

「とっつぁん、いい。それより頼みがあるんだ」

「いいぜ。船だろう」

茂助が先回りをしてきいた。

「そうなんだ。明日《あした》の朝なんだが」

「いいぜ」

茂助は新吉の頼みにいつも船を出してくれる。五十を過ぎても足腰は達者だ。

「すまない」

「どこだ？」

「行く先は駿河台の小普請組支配八巻貞清の屋敷だ」

「八巻の屋敷？　黒幕のところじゃねえか」

茂助は事情を知っている。

「梶井の旦那《だんな》に頼まれた。だが、茂太が屋敷をいつ出入りするかわからないんだ。見つかるとは思えないが、まず屋敷がどんなところか見ておこうと思ってな」

「そうか」

「神田川《かんだがわ》を太田《おおた》姫稲荷《ひめいなり》神社の辺りで下ろしてくれれば」

「わかった」

湯呑みの底の酒を呑み干して、新吉は腰を浮かした。

「御馳走《ごちそう》さま。じゃあ、明日の朝頼む」

「わかった。明六つ（午前六時）に桟橋で待っている」

「すまねえ」

新吉は茂助の家を出て、自分の家に向かった。近くの雑木林の中から羽音がした。夜鳥が騒いだ。新吉は警戒しながら雑木林の脇を過ぎた。

新吉は家に戻った。注意深く部屋の中を見回し、台所の瓶や茶碗《ちゃわん》などを注意深く見た。

何者かが侵入した形跡はなかった。


翌朝、新吉は茂助の漕《こ》ぐ船に乗って大川を下った。朝陽を浴びて浅草寺《せんそうじ》の五重塔が輝いていた。

蔵前《くらまえ》に目をやると、一番堀から八番堀まで堀沿いに幕府の米蔵が建ち並んでいた。

やがて、両国橋が迫ってきて、船は右にまわって神田川に入っていった。荷を積んだ船が行き交う。

新《あたら》シ橋、和泉《いずみ》橋、筋違《すじかい》橋を過ぎ、昌平《しょうへい》橋をくぐって左岸に寄っていく。

太田姫稲荷神社の社が見えるところにある桟橋に船を着けた。

「じゃあ、とっつぁん」

「気をつけてな。ここで待っているから」

新吉は桟橋に上がった。

坂を上がり、駿河台の八巻貞清の屋敷が見える場所にやってきた。向かいにある武家屋敷の塀の角だ。

八巻の屋敷は長屋門の左右に長屋が続いていて、武者窓が幾つも並んでいる。あの長屋に茂太と名乗った男はいるはずだ。

万が一のことを考え、屋敷のそばには近付けなかった。脇門から侍が出入りをしているが、茂太らしき男はいなかった。

五つ（午前八時）を過ぎて、大門が開いた。やがて乗物が出てきた。八巻貞清が登城をするところだ。

乗物の扉が開いている。一瞬、八巻の顔が見えた。顔だちはよくわからないが、丸顔で肥《ふと》っていることはわかった。

供の侍の中に、茂太はいなかった。八巻の乗物が遠ざかったあと、大門は閉ざされた。その後、何人か侍が出入りをしたが、いずれも茂太ではなかった。

四つ（午前十時）近くになって、新吉は駿河台を下り、神田川まで行った。

新吉は向島に戻り、いったん自分の家に帰って着替えてから『桔梗家』に行った。

「遅くなりまして」

新吉は謝り、急いでお葉の支度にかかった。

「新さん、ひょっとして美代次さんのところ？」

お葉はきいた。

「いえ、駿河台です」

着物を着せ掛けながら答える。新吉がやりやすいように、お葉は手を上げたり、体の向きを変えたりしている。

「駿河台？」

お葉は訝《いぶか》しげな顔を向けた。

「梶井さまに頼まれたことがありまして」

帯を巻きながら口にする。

「危ないこと？」

お葉は細い眉《まゆ》を寄せた。

「いえ、危ないことではありません」

「そう」

お葉はそれ以上は何もきかなかった。

帯をきゅっと締めて、

「はい、結構です」

と、新吉は言う。

「ありがとう」

お葉は扇子や懐紙などを懐に仕舞った。

「じゃあ、姐《ねえ》さん、行ってまいります」

居間に行き、お葉はお波に挨拶《あいさつ》をする。

お波は立ち上がって、縁起棚から火打ち石をとった。

お波から切り火をもらい、お葉は『桔梗家』を出た。

「出先は『武蔵《むさし》屋《や》』さんでしたね」

新吉は三味線の入った箱を抱えながらついて行く。

「ええ。浅草の旦那衆の集まりだそうよ」

「大勢さんで？」

「十人ほど」

「そうですか」

秋葉神社の参道にある『武蔵屋』は指呼の間にあってほどなく着いた。

勝手口から入り、女中頭に三味線を預けた。

お葉に声をかけて、新吉は勝手口を出た。

外に出たとき、『桔梗家』にお琴の姿がなかったことを思いだした。以前にも秋葉神社の境内で見知らぬ男と会っていたのを見かけたことがあった。

念のために、新吉は参道を鳥居のほうに向かった。

境内に入ったが、お琴の姿はなかった。ほっとして引き上げかけたとき、拝殿の横に若い女がいるのが目に入った。

後ろ姿だったが、お琴だとわかった。向かいにいる男は三十半ばの顔の長い男だった。新吉は急いでその場を離れ、『桔梗家』に戻った。

第二章　決　断

一

扇太郎と伝八は麴町にある小間物問屋『京屋』を訪れた。広い店座敷に、女の客が大勢いた。

「何か御用の向きで？」

番頭があわてて近寄ってきた。

「ちょっとききたいことがあってな」

伝八が番頭にきいた。

「なんでしょうか」

「ずいぶん、繁盛しているな」

伝八は店の様子を見てきいた。

「はい。最近、人気の錺《かざり》職人が新しく作った動物の透かし彫りの模様の簪《かんざし》が評判でして」

「そんな人気のある錺職人がいるのか」

伝八が感心したようにきく。

「はい。図柄が斬新《ざんしん》でして」

番頭は答えたが、用件が気になっているようだ。

「あのききたいことというのは？」

「利三郎という男がここから品物を仕入れて行商に出ていたようだが？」

伝八が言うと、番頭は小首を傾げた。

「利三郎ですか」

「三年前だ」

「ああ、あの利三郎ですか」

「思い出したか」

「ええ、細身の優男でした」

「そうだ。確かにここから品物を仕入れていたんだな」

「はい。利三郎が何か」

「今、霊岸島町で小間物屋を開いているが」

「そのようですね」

番頭は冷笑を浮かべた。

「どうした、利三郎が小間物屋を開いたのが面白くないのか」

扇太郎は番頭の気持ちを推し量った。

「いえ、そうじゃありません。よく店が持てたもんだと」

「どういうことだ？」

「うちから品物を仕入れていましたが、仕入れの量は少なかったんです。あまり、売れてはいなかったんですよ。だから、店が持てたのが不思議なんです」

「店を持つほどの稼ぎはなかったと？」

扇太郎はきいた。

「ええ。だから……」

番頭は言いよどんだ。

「だからなんだ？」

伝八が急《せ》かす。

「どこかの後家さんか妾《めかけ》に取り入ったんじゃないかと」

番頭は声をひそめ、

「利三郎は優男で、年増には好かれそうですからね。そうじゃないかと思っただけで、証《あかし》があるわけではありません」

「確かに、利三郎は女にはもてそうだ」

伝八が頷《うなず》いて言う。

「利三郎と親しくしていた者を知らないか」

「あの男はひとと交わるのは好きではなかったようです」

「そうか」

「利三郎がなにかしたんでしょうか」

「いや。そうではない。邪魔をした」

扇太郎と伝八は『京屋』を出た。

「利三郎は女を利用して店を持ったんでしょうか」

伝八が言う。

「そうかもしれんな。やはり、盗人《ぬすっと》ではなかったか」

扇太郎は落胆したように言い、帰り道と反対方向に足を向けた。

「旦那《だんな》。どこに？」

「ここまで来たんだ。闇猿に入られた商家から話を聞いてみよう」

「縄張り違いで、あとで何か言われませんか」

伝八が気にした。

「なあに、同じ闇猿を追っているんだ。気にすることはない」

この界隈《かいわい》は糸井《いとい》玉之助《たまのすけ》という定町廻《じょうまちまわ》り同心の管轄だ。嫌みの多い男だが、それさえ我慢をすれば特に問題はない。

だが、伝八がこの界隈を縄張りにしている岡っ引きの留蔵《とめぞう》に気兼ねし、筋を通したいと言うので、近くの自身番に寄って留蔵を捜した。

店番の者が留蔵を捜してきた。留蔵は四十過ぎのでっぷりした男だった。

「留蔵親分」

伝八が挨拶《あいさつ》をした。

「伝八じゃねえか」

留蔵が応じる。

「留蔵、久しぶりだな」

扇太郎は声をかけた。

「これは梶井さま」

留蔵は扇太郎に頭を下げた。

「糸井さまは？」

「さっきまでいっしょだったんですが、いったん奉行所に戻りました」

「留蔵。闇猿の手掛かりはどうだ？」

一番最初に闇猿が忍び込んだのが芝の蠟燭《ろうそく》問屋『三州屋《さんしゅうや》』で、二番目が麴町にある紙問屋『美濃屋《みのや》』だった。

「へえ、それがないんです。盗人が『三州屋』に侵入したのは十二月の寒い夜です。盗みを働いたあと、厳しい寒さの中を遠くまで逃げたとは思えねえ。またどこぞで野宿をしたとも思えないんです。それほど離れていないところに隠れ家があったんじゃないかとしらみ潰《つぶ》しに捜したんですが……」

「どこかに消えちまったってわけか」

「へえ。どこかの家に匿《かくま》ってもらったと、糸井の旦那もそう睨《にら》んでいるんですが、そしたら半月後に、今度は芝神明町《しんめいちょう》の商家に現われた。糸井の旦那と芝まで行ってみたんですが、手掛かりはなにも」

「芝まで行ってみたのか」

「へえ。『三州屋』にも行き、土蔵も調べました。まったく、『美濃屋』と同じような状況でした。木戸番や夜泣きそば屋などに聞き込んでも、夜中に怪しいひと影を見たものはいません。やはり、どこか隠れ家で一晩過ごしたとしか思えねえ」

留蔵は厳しい顔で言う。

「留蔵親分。それはこっちも同じだ。夜道を逃げた形跡はない。どこかに逃げ隠れたんだろうが、その場所が捜せねえ」

伝八が言う。

「留蔵。賊の侵入口はわかっているのか」

扇太郎はきいた。

「へえ。どうやら、塀の外から庭の木に縄をかけて攀《よ》じ登っているようです。縄の跡や塀に足跡が残っていました。それは、『三州屋』でも同じでした」

「ちょっと『美濃屋』の現場を見てみたい。案内してくれぬか」

扇太郎は頼む。

「わかりやした」

留蔵は一瞬顔をしかめたようだが、扇太郎は気づかぬ振りをした。

おそらく、糸井玉之助の思いなのだろう。誰にも自分が手柄を立てたいという思いがある。だから、手掛かりをひとり占めにしたいのだ。

さっき留蔵がべらべら喋《しゃべ》ったことは芝を管轄している同心もわかっていることだ。奉行所として共有している事実だ。

留蔵は『美濃屋』まで案内した。

間口の広い大きな店だ。

「どうしますね。庭に入ってみますか」

「いや、いい。侵入したと思えるところに案内してもらおうか」

「こっちです」

留蔵は路地を入って、『美濃屋』の裏に向かった。高い塀の内側に大きな土蔵がふたつ並んでいた。

塀の内側に松の樹が見える場所で、留蔵が立ちどまった。

「ここです」

「なるほど。盗みに入られた商家はどこも塀の内側に松の樹だ。盗人はそういう商家を選んでいるのだ」

扇太郎は言う。

「梶井さまのほうは何か手掛かりは？」

留蔵は窺《うかが》うようにきいた。

「いや。まったくなしだ。ひとりかふたりかもまだわからない」

扇太郎は首をひねって言う。

「ひとりじゃないんですか」

留蔵はきく。

「身が軽く、錠前破りも出来る男がいるかどうかと思ってな」

「留蔵親分はひとり働きだと？」

伝八がきく。

「そうだ。盗む金は五百両だ。その気になれば千両箱も盗めるのにそれもしてねえ。ひとりで持って逃げるには五百両以上は重いからだ」

「なるほど」

伝八は大きく頷《うなず》く。

「それから、闇猿と書かれた紙を残しているのは自分の仕業だと誇示したいからだ。梶井さまは気になさっていましたが、身が軽く、錠前破りも出来る男がいるんじゃありませんか。そのふたつの技があることを誇示しているんです」

「なるほど。そうかもしれないな」

扇太郎は素直に言う。

「わかった。すまなかった。糸井さまによろしくな」

扇太郎は礼を言って留蔵と別れた。

麴町から池之端仲町にやって来た。ここにある紙問屋『山代屋』はつい最近、被害に遭ったばかりだ。

扇太郎と伝八は『山代屋』の裏に行き、塀の内側に大きな松の樹がある場所に立った。

「『美濃屋』と同じだな」

扇太郎は呟《つぶや》くように言う。

半月前に被害に遭った田原町にある古着屋『佐倉屋』も塀の内側に松の樹があった。

「次の狙いも、松の樹がある商家ですね」

伝八が言う。

「四件とも松の樹という共通するものがあるが、その他に何かあるような気がするのだが」

扇太郎は松を見あげながら言う。

「この近くに湯島天満宮《ゆしまてんまんぐう》、田原町の『佐倉屋』のそばに浅草寺、芝神明町の『三州屋』には増上寺《ぞうじょうじ》や神明宮《しんめいぐう》があります」

伝八は勇んで言いながら、

「ですが、麴町の『美濃屋』の近くには何にもないんです」

と、声が弱くなった。

「そういえば、三つは有名な寺社の近くだな」

これが夏場なら盗みのあとに寺社境内のどこかで一夜を明かすこともあり得る。

だが、今の時季はいくら本堂や本殿の床下に潜んでも寒さから逃れられないだろう。

第一、麴町には大きな寺社はない。

しかし、寺社が一夜を明かすためではなく別の目的があったとしたら……。

「伝八、寺社の近くというのはいい指摘かもしれない。麴町には寺社はないが、寺社に代わる何かがあったのかもしれない」

「そうですね。もしや、悪所では？　寺社の近くには遊里や岡場所があります」

「盗みのあとで、女郎屋で一晩を過ごしたとも考えられるな」

「ええ。女郎屋を当たってみますか」

「『山代屋』が襲われた夜の湯島天満宮周辺の女郎屋を当たってみるか。おそらく、店の者は客のことは隠すだろうが」

「ええ、正直に話してくれるかどうか。仮に話してくれたにしても、その客が盗人《ぬすっと》かどうかわかりませんね。どうせ、一夜限りの客でしょうし」

「人相や年恰好《かっこう》を聞いても、盗人ではなかったら、探索に混乱を来すかもしれない」

扇太郎は口元を歪《ゆが》めたが、

「いずれにしろ、闇猿が次に狙うのは有名な寺社の近くの可能性がある」

と、思いつきを口にした。

「どこでしょうか」

伝八は首をひねり、

「護国寺《ごこくじ》、小石川《こいしかわ》の白山《はくさん》神社、根津《ねづ》権現《ごんげん》、神田明神《みょうじん》、富岡八幡宮《とみおかはちまんぐう》、亀戸天神《かめいどてんじん》……」

と寺社を並べ、さらに付け加えた。

「あとは築地《つきじ》本願寺《ほんがんじ》、愛宕《あたご》神社……。まだありますね」

「ひとつに絞るのは難しいな。ただ、大店《おおだな》があるとしたら」

扇太郎は眉根《まゆね》を寄せ、

「築地本願寺だ。近くに木挽町《こびきちょう》、尾張町《おわりちょう》などがある。その辺りにある庭に松の樹がある大店ではないか」

扇太郎はそう信じ込んで口にしたわけではない。

「念のためだ。木挽町や尾張町を歩いてみよう」

それから、扇太郎と伝八は池之端仲町を出て尾張町に向かった。


日本橋を越え、さらに京橋《きょうばし》を渡る。新両替町《しんりょうがえちょう》から銀座《ぎんざ》、尾張町となる。

新両替町の醬油《しょうゆ》酢問屋、塗物問屋、畳表問屋、真綿問屋などの裏手を調べ、尾張町に入ると呉服屋が並び、鰻蒲焼《うなぎかばやき》を売る店が何軒かあった。ふたりは呉服屋の裏手を見てまわったが、塀際に松の樹がある店はなかった。

三十間堀《さんじっけんぼり》にかかる木挽橋を渡り、木挽町にやってきた。

料理屋が並び、紀伊国橋《きのくにばし》のほうには船宿が多かった。大店は見当たらなかった。

「こっちは大きな店はありませんね」

伝八が言う。

扇太郎はふと足を止めた。

「旦那《だんな》、どうしましたか」

「ちょっと気になる店があった」

扇太郎は呟き、

「尾張町だ」

と、踵《きびす》を返した。

紀伊国橋を渡って、再び尾張町にやってきた。店の名を覚えていないので、最初から裏手を見てまわった。

長い塀沿いを歩いていると、土蔵の脇に松の樹が見えた。枝は塀まで届いていない。

「ここだ」

「さっき見ましたが、縄を枝に引っかけるのは無理ですぜ」

伝八が見あげて言う。

「あの枝をよく見てみろ」

扇太郎が言う。

「えっ？」

「切ってある」

「あっ、ほんとうですね」

伝八が不思議そうに、

「なぜ、切ったんでしょうか」

「切り口はそんな新しいものではない」

「ええ」

「ちょっときいてみよう」

扇太郎と伝八は表にまわった。唐物問屋『長崎屋《ながさきや》』という大きな屋根看板が出ていた。

ふたりは店に入った。

番頭らしき男が近寄ってきた。

「何か」

番頭は不審そうにきいた。

「庭に松の樹があるな？」

扇太郎がいきなりきいた。

「はい。それが何か」

「枝を切ったようだが、何か理由があるのか」

「枝ですか」

番頭は警戒ぎみに、

「枝が何か」

と、逆にきいた。

「枝を切ったあとが外からわかる。誰かから言われて切ったのか」

「旦那さまから松の枝が伸びているから切るように言われて、切らせましたが」

「いつだ？」

「切った日ですか」

「そうだ」

「去年の暮れです」

「主人は今いるか」

「おりますが」

「すまないが呼んでもらいたい」

「畏《かしこ》まりました。少々お待ちください」

番頭は奥に向かった。

店座敷には客が大勢いて、奉公人が出してきた品物を手にとって見ている。

「お待たせいたしました」

番頭がやって来た。その後に、長身の男がいた。四十半ばの渋い感じの男だ。

「主人の勝五郎《かつごろう》です」

「南町の定町廻《じょうまちまわ》りの梶井扇太郎だ。俺の受け持ちではないが、ちょっとききたいことがあってな」

「はい」

「庭にある松の樹の枝を切るように命じたそうだが、それはなぜだ?」

扇太郎はずばりきいた。

「たまたま裏を通ったら、枝が塀の外まで伸びていきそうだったので、みっともないと思い切らせました」

「みっともない?」

「まあ、それだけではなく、我が家の富が外に出ていくようで縁起が悪いと思い、切りました」

勝五郎はにこやかに答え、

「枝が何か」

と、きいた。

「いや。枝が塀まで伸びていては、縄をかけて外から侵入され易い。だが、ちゃんと切ってあった。奉行所のほうから何か言ってきたのかと思ったのだ」

「いえ、違います。そうでしたか。そこまで考えませんでしたが、確かに仰《おつしや》るとおり、出ていては盗人に狙われやすいですね」

勝五郎は頷《うなず》きながら言う。

「それだけだ。邪魔をした」

「そうですか」

勝五郎は会釈をした。

扇太郎と伝八は『長崎屋』を出た。

闇猿の手掛かりもなく、それ以上に茂太のほうもいっこうに進展はない。このままでは、八巻貞清を奉行として迎え入れなければならなくなる。

茜色《あかねいろ》に染まった西の空を見て、扇太郎は微《かす》かな焦りを覚えていた。

二

翌日の朝、新吉は茂助の漕《こ》ぐ船で霊岸島まで行った。

船を下り、霊岸島町にある利三郎の『高雅堂』に足を向けた。迷わずたどり着いた。

ちょうど若い奉公人の男が表戸を開けているところだった。

新吉は声をかけた。

「すみません。利三郎さんに向島から新吉が来たとお伝え願えませんか」

「新吉さんですね。少々、お待ちください」

店に入って行き、しばらくして出てきて、

「こちらにどうぞ」

と、新吉を店の横の戸口に招いた。

そこの戸を開けると、利三郎が待っていた。

「新吉さん、お待ちしていました。どうぞ」

「へい」

新吉は部屋に上がった。

利三郎は庭に面した部屋に新吉を通した。

さっきの若い男が茶をいれて持ってきた。

「女手がないもので」

利三郎は言う。

「おかみさんは？」

「いない。独り身だ」

「そうなんですかえ」

扇太郎から聞いていたが、新吉は知らない振りをした。

「どうして、おかみさんをもらわないんですかえ。おかみさんがいれば、店番だって頼めるじゃありませんか」

「それはそうなんだが」

利三郎はふと自嘲《じちよう》ぎみな笑みを浮かべ、

「私はわがままでね。縛られるのがいやなのだ」

「そうですかえ」

「そういうおまえさんだって独り身じゃないか」

利三郎の目が鋭く新吉の顔に向いた。

「旦那《だんな》はあっしのことをどなたからお聞きになったんですかえ」

「じゃあ、おまえさんはほんとうに油木新次郎どのか」

利三郎は冷笑を浮かべた。

「いえ、無責任な噂です」

「新吉さん。ここに来たのは私が油木新次郎の名を出したからではないですか。どうして、そのことを知っているのか。誰から聞いたのか。そんなことが気になったからではないんですか」

「あっしは今は箱屋の新吉です。過去に油木新次郎だったかどうかは関係ありません」

「しかし、小紫《こむらさき》のことは忘れられないのでは？」

「…………」

やはり、利三郎は新吉のことを誰かから聞いているのだ。

「別に新吉さんの昔のことをお葉さんに知らせようなどとは思っちゃいませんよ」

十年近く前、新吉は油木新次郎という仙北藩の近習番士だった。殿の供で江戸にきたとき、吉原の『大菱屋《おおびしや》』の花魁《おいらん》小紫に会い、お互いに惚《ほ》れあった。殿が国に帰る際、女と別れられずに藩を辞め、浪人になってまで小紫に真《まこと》を尽くした。

だが、小紫に熱を上げていた旗本の倅《せがれ》が斬り殺された。実際は別の者の仕業だったが、新次郎はその罪をかぶって江戸を離れた。

しかし、その間に、小紫は自害して果てたのだ。

「旦那。今のあっしは、お葉姐《ねえ》さんにお仕えする箱屋です」

「そのお葉が小紫に生き写しだというのはほんとうなのか」

「…………」

「だから、おまえさんはお葉さんを」

「いえ。旦那。あっしはあくまでも箱屋です」

「おまえさんのような男が箱屋で満足しているとは思えない。お葉のためだから箱屋をしていられるのだろう？」

利三郎はきいた。

「旦那はひょっとして……」

「うむ。なんだね」

「いえ。すみません。なんでも」

「新吉さん。遠慮はいらない。なんでも話してくれないか」

「へえ」

新吉は迷いながら、

「じつは旦那があっしを呼びつけたのはお葉姐さんをひとり占めしたいという強い思いからかと思ったんです」

「正直、お葉に対してそれだけの思いはある。だが、私は女の一生を背負い込むことの出来ない男なんだ。つまり、さっきも言ったように自由気ままに生きていきたいんだ。どんなに好きな女でも一生の責任は持てないのだ」

利三郎は真顔になって、

「だから、お葉がおまえさんとどのような関係だろうが、私は構わない。おまえさんを呼んだのはおまえさんほどの男がなぜ箱屋をやっているのか。そのことに興味を持っただけだ。お葉だから箱屋をやっているのか。お葉以外の芸者でも箱屋を出来るのか」

「どう思われましたか」

「思っていたとおりだ」

「思っていたとおりとは？」

「お葉が芸者をやめたら、おまえさんも箱屋をやめるだろうということだ」

「…………」

「それより、ききたい」

利三郎が口調を改めた。

「なんでしょうか」

「なぜ、私の誘いに乗った？　箱屋という仕事を理由に拒んでもよかったはずだ。油木新次郎の名を出されたことで気になったのか」

「それもあります」

「それも？　他に何かあるのか」

「………………」

「構わない。言ってくれ」

「それでは遠慮なく言わせていただきます。旦那が醸しだす雰囲気です」

「雰囲気？」

利三郎はきき返した。

「無駄のない足捌《あしさば》きにも違和感を覚えました」

「………………」

「旦那はほんとうに堅気の商人《あきんど》なのかと」

「どうだった？」

「こうしてお店を構えていらっしゃいますから、あっしの目は狂っていたようです」

「ようするに、私がお葉にとって望ましくない男かどうか見極めようとしたのだな」

「はい」

「やはりな」

利三郎は笑みを浮かべた。

「やはり？」

「お葉に対する思いがよくわかる。新吉さん」

利三郎は笑みを引っ込め、

「どうだ、私がお葉にとって危険な客ではないことをわかってくれたか」

「はい」

「私は女に迷惑をかけるような真似はしない。安心するがいい」

「わかりました」

「そろそろ出かけなければならないのだ。わざわざご苦労だった。また、近々、向島に行く」

「お待ちしております」

新吉は挨拶《あいさつ》をして立ち上がった。

船着場に向かいながら、新吉はなにかすっきりしなかった。結局、利三郎は新吉と会って何がしたかったのか。

新吉が油木新次郎であることを確かめたかったのか。それとも、お葉との関係を知りたかったのか。

ただもうひとつある。利三郎は美代次の使いではないかという疑問は湧いた。

茂助の船は霊岸島から山谷堀の船着場に着いた。朝から雨もよいで、空に黒く雲が張り出していた。

「とっつぁん、すまなかった。これから入谷まで行き、帰りは歩いて帰る」

新吉は言う。

「どうせ暇なんだ。待っているぜ」

「一刻《いっとき》（二時間）はかかるかもしれない」

「かまやしない。待乳山聖天《まっちやましようでん》さまにいる」

「いや。雨になるかもしれない。帰ってくれ」

「気にするな。ちゃんと合羽《カッパ》は用意してある」

茂助は頼もしげに言う。

「じゃあ、そうさせてもらう」

「それより、お葉姐さんのほうはいいのか」

「お琴ちゃんに頼んだ。帰りは迎えに行く」

新吉はそう言い、陸《おか》に上がった。

吉原の裏の浅草田圃《たんぼ》を突っ切り、新吉は入谷に向かった。

美代次が養生をしている家はすぐにわかった。『植辰《うえたつ》』という植木屋だ。庭にはいろいろな花を栽培している。

新吉は母屋に顔を出し、『植辰』の頭らしい男に挨拶をして、離れに向かった。

戸を開けて、新吉は声をかけた。

「お頼みいたします」

土間に入ると、上がり口の板敷きの間に婆さんが出てきた。柳橋からつきそってきた婆さんのようだ。

「向島から参りました新吉と申します。美代次姐《ねえ》さんにお目にかかりたいのですが」

「新吉さん？　少々お待ちを」

婆さんはゆっくり立ち上がり、正面にある襖《ふすま》の前に行った。

「姐さん」

婆さんが襖を開けて声をかけた。

「ちょっと待ってもらって」

美代次の声が聞こえた。

「お通しして」

しばらくして、また美代次の声が聞こえた。

婆さんが戻ってきて、新吉を招じた。

新吉は板敷きの間に上がり、婆さんの案内で美代次の部屋に入った。

美代次はふとんの上で羽織をかけて半身を起こしていた。青白い顔だ。唇に薄く紅を引いていた。やせて、首が細く、うなじが長く見える。ほつれ毛が頰にかかっている姿は妙な色気があった。

「新吉さん、よく来ておくれだね」

美代次が弱々しい声を出した。

「姐さんが養生をしていると聞いてびっくりしました」

新吉は答える。

「どこが悪いということがないらしいの。ただ、食も進まず、夜も眠れなくて」

「どうぞ」

婆さんが茶をいれてくれた。

「すみません」

新吉は礼を言う。

「新吉さんはお元気そうね」

「ええ」

「お葉さんも?」

美代次の目が鈍く光った。

「はい。元気に過ごしています」

「そう」

「姐さんも早く元気になって元のように……」

「そうね」

気のない返事だ。

「どうしたんですか。美代次姐さんらしくもない」

勝気で鉄火肌の面影はない。

「新さんが私のところに来てくれるんだったら頑張れると思うけど……」

「あっしなんてたいした役には立ちませんよ」

「そうね。新吉さんにはお葉さんがいるから」

「姐さん、あっしは箱屋です。お葉姐さんとはあくまでも芸者と箱屋の間柄です」

「そう。でも、いつもそばについていてくれるんですものね」

「姐さん」

新吉は居住まいを正し、

「姐さんを待っているたくさんのお客さんがいらっしゃるじゃありませんか。その方々のためにも早く柳橋に戻ってくださいな」

「私がいなくても柳橋はだいじょうぶ」

「そんなことありません」

「ねえ、新吉さん」

美代次はやつれた顔を向け、

「ほんとうに私が必要とされていると思う?」

と、きいた。

「もちろんです」

「嘘」

美代次は眦《まなじり》をつり上げた。

「今、柳橋は夢吉が贔屓《ひいき》を伸ばしているわ。私など出る幕ないわ」

「姐さん。本気でそう思っているんですか」

「ほんとうのことでしょう」

「違います」

「どうでもいいわ」

美代次は投げやりになって、

「私、早くあの世に行きたいの」

と、言った。

「姐さん、何を仰《おつしや》るのですか」

「あの世で、小紫さんに会いたいの」

「…………」

新吉は返答に窮した。

「新吉さんは小紫さんのことをもう忘れたのかしら。お葉さんが忘れさせてくれたの？」

「姐さん。もう十年も昔のことです。時は苦しいことも忘れさせてくれます」

新吉は言ってから、

「小紫のことは誰からきいたんですかえ」

「お国《くに》姐さんですね」

お国は吉原の芸者だった女で、吉原にいられなくなって柳橋に流れてきた。常磐《ときわ》津《ず》の富本松太夫《とみもとまつだゆう》の娘で、十六歳のときに吉原の見番の『大黒屋《だいこくや》』に厄介になったという。

お国は油木新次郎と小紫のことを知っていたのだ。

「私が無理やり頼んで教えてもらったの」

「姐さん、小間物屋の利三郎さんをご存じですかえ」

「利三郎さん？」

美代次は首を傾げたが、

「ひょっとしたら、お国姐さんのお客かもしれないわ」

「そうですか。お国姐さんの……」

利三郎もお国から新吉の昔の話を聞いたのだ。

「姐さん。そろそろあっしは」

新吉は挨拶《あいさつ》をして引き上げようとした。

「まだ、いいでしょう。まだそばにいて」

美代次は哀願するように言う。

「また、参ります」

「嘘」

「ほんとうです」

「そう。帰るなら帰って」

美代次の形相が変わった。

「姐さん。では」

新吉は部屋を出た。

婆さんが土間まで見送りにきた。

「姐さん、いつもはあんなに喋《しゃべ》らないんですよ。また、来てくださいな」

「お医者さんは何て言っているんですか」

「原因はわからないそうです。でも、私はわかっています。恋煩いですよ。単なる恋煩いならいいんだけど、向島のお葉さんへの敵対心が強すぎるのね」

「…………」

「新吉さんしか治せませんよ。また、来てくださいな」

「わかりました」

新吉は外に出た。まだ雨は降り出さなかった。

待乳山聖天まで、新吉は走った。

三

まだ昼なのに、夕方のように暗い。

扇太郎は憂鬱《ゆううつ》な思いで、大伝馬町《おおでんまちよう》一丁目にある薬種問屋『永久堂《えいきゆうどう》』の土蔵の前に立った。主人の仁右衛門《にえもん》が渋い顔で立っている。

「気がついたのは昼前か」

扇太郎はきいた。

「はい。朝はきょうの精算のために百両箱をとり出しただけで、千両箱のほうを見ませんでした」

番頭が続ける。

「そのあと、いっぱいになった百両箱を土蔵に仕舞いに入ったとき、千両箱が置いてある棚の貼り紙を見てびっくりして千両箱の蓋《ふた》を開けたら……」

「金が半分なくなっていたというわけだな」

扇太郎は確かめる。池之端仲町の『山代屋』の場合と同じだ。だが、朝のうちに盗まれたことがわかったとしても、盗人《ぬすっと》が早く見つかるわけではない。

闇猿と書かれた置き手紙の字は今まで被害に遭った商家の土蔵に残されていた文字と筆跡は同じだ。

「盗まれたのは？」

「五百両です」

思ったとおりの答えが返ってきた。

「昨夜《ゆうべ》、土蔵の鍵《かぎ》を最後にかけたのは何時だ？」

「四つ（午後十時）です」

「旦那《だんな》」

伝八が呼びに来た。

「こちらへ」

伝八は庭の植込みの中に入って、塀際にやってきた。そこに松の樹があった。

「枝に縄でこすったような跡があります」

「ここから忍び込んだか。すべて同じだな」

「ええ。ですが、この近くに大きな寺社はありませんぜ」

伝八が眉《まゆ》をひそめた。

なぜ、寺社の近くで盗みを働くのかはわかっていない。これまで五件のうち、三件は寺社の近くだったが、麴町とここの二件は違う。

「たまたまだったのか」

扇太郎は溜《た》め息をついた。

盗人の手掛かりは何もなかった。

裏口から伝八の手下が庭に入ってきた。

「旦那、親分。木戸番の番太郎がお耳に入れたいことがあるって言っています」

「よし。会ってみよう」

扇太郎がいう。

「連れてきましょうか」

「いや。こっちから行こう」

庭には『永久堂』の主人や番頭たちがいる。誤った話が耳に入っても困ると思った。

表通りに出て、自身番の向かいにある木戸番屋に行った。

草履や草鞋《わらじ》、箒《ほうき》などが店先に並んでいた。手下が声をかけると木戸番屋から三十半ばぐらいの男が出てきた。

「話があるそうだが」

扇太郎が切り出す。

「へえ。昨夜の四つ半（午後十一時）ごろ、盗人かどうかはわからないんですが、ふたりの男がそこの路地に入っていったんです」

木戸番がいい、道具屋の脇の路地を指差した。

「あの路地に入ると、どこへ？」

「路地を伝っていけば、浜町堀《はまちょうぼり》のほうに行けます」

木戸番はあわてて、

「ただ、あの裏手に住いがあって近道だから入って行ったのかもしれませんが」

と、言いたした。

「ふたりの人相はわかるか」

「いえ、暗くて顔までは」

「そうか。よく知らせてくれた」

扇太郎は礼を言い、木戸番屋から離れた。

「あの路地に入って、ふたりの男の住いがあるかどうか調べるのだ」

「へい」

「どうも、町木戸を避けたとしか思えない」

盗人の姿がはじめて目の前に現われたと、扇太郎は手応《てごた》えを覚えた。

半刻《はんとき》（一時間）後に、扇太郎は伝八たちと合流した。

「旦那。ふたりの男が帰ったと思われる家は見つかりませんでした。でも、長屋の住人が厠《かわや》の帰り、隣の長屋との間の狭い路地を行くふたりを見ていました」

「そうか。やはり、町木戸を避けてどこかに移動したのだ」

盗人の可能性があると思った。

「ただ、そのふたりなんですが」

伝八は息を継いで、

「ふたりとも若くなかったそうです」

と、言った。

「若くない?」

「ええ、体つきが年寄りっぽかったと」

「顔を見ていないのか」

「ええ。やはり暗くて顔は見えなかったそうですが、ずいぶん息が上がっていたようです。そんなところからも年寄りだと思ったようです」

「年寄りか」

扇太郎は困惑した。

塀を乗り越えて錠前を破るという鮮やかな手口で盗みを働く。年寄りに出来るか。そうとうな熟練の盗人か。

「どうやら盗人ではないようですね」

伝八が口元を歪《ゆが》めた。

「いや。わからんぞ」

扇太郎は思い込みを振り払おうとした。

「盗む金が五百両ということで、盗人はひとりだと考えた。千両箱を担ぐのは重すぎるからな。だが、五百両をふたりで分ければ年寄りでも持てる」

「盗人は年寄りだと言うんですかえ」

「そうだ。昔鳴らした盗人だ」

扇太郎は手応えを感じながら、

「念のために木戸番に確かめてみよう」

と、再び木戸番屋に向かった。

伝八が声をかけると、さっきの木戸番が出てきた。

「すまねえな。そこの路地に入っていったふたりの男だが、若そうだったかどうだ？」

伝八がきく。

「そんなきびきびした動きじゃありませんでした。そういえば、ひとりのほうは背中が丸まっていたようでしたね」

「背中が丸まっていた？」

扇太郎が口をはさんだ。

「ええ。言われてみれば、年寄りかもしれません」

木戸番は扇太郎に顔を向けた。

「もうひとりのほうは？」

「特に何も」

「そうか。わかった」

伝八が声をかけ、木戸番屋を離れた。

何かが頭の中に入ってきて、扇太郎は思わずあっと叫んだ。

「旦那《だんな》、何か」

伝八が扇太郎の顔を見た。

「錠前破りは年寄りでも出来る。もうひとりが塀を乗り越えて裏口の戸を開けたら、あとはゆっくり庭に入り、土蔵まで忍んで行けばいい」

「ええ」

「助三でも出来るな」

「助三？　錠前屋の？」

「そうだ」

「でも、助三はずいぶん歳ですぜ。動きも鈍そうだし」

「ともかく、もう一度会ってみよう」

扇太郎は本所に向かった。


入江町にある日陰長屋にやってきた。商家の土蔵にはさまれ、日当たりの悪い長屋だ。黒い雲に覆われて辺りは薄暗いが、ここは夕闇がもう迫っているようだった。

助三の住いの前に立った。中は静かだ。もし、助三が盗人《ぬすっと》なら、まだ帰っていないかもしれない。

「ごめんよ」

伝八が腰高障子を開けた。

「誰だえ」

暗い部屋から声がした。

助三はいた。だが、朝のうちに隠れ家からここに戻ってきたのかもしれない。

「これは旦那に親分」

助三がふとんから這《は》い出てきた。

「寝ていたのか」

扇太郎はきいた。

「へえ、こんな天気ですからね。外に行く元気もないし、寝るだけが楽しみなんですよ」

助三は自嘲《じちょう》ぎみにいい、

「で、きょうは何ですね」

と、きいた。

上がり框《がまち》の近くであぐらをかいた助三の背中は丸まっている。

「昨夜《ゆうべ》、どこかに出かけたか」

扇太郎はいきなり切り出した。

「昨夜？」

助三は怪訝《けげん》そうな顔をして、

「いえ、出かけていませんが。どうしてそんなことを？」

「いや、おまえさんを見かけたという男がいたんでな」

「驚きました。あっしに似ている男がいるんですかね」

助三は大仰に言う。

「ひと違いか」

「へえ、あっしは昨夜はここにいましたから」

「たまには遠出をするのか」

「へえ、まあ」

「どこへ？」

「遠出と言っても、柳島《やなぎしま》の妙見《みようけん》さままでです。ゆっくり歩いてですから暇がかかりますがね」

「亀戸天神のほうが少し近いのではないか。それでも妙見さまか」

「はい。昔、あっしの知り合いに、妙見さまに願掛けして見事に願いが叶《かな》ったって男がおりましてね。あっしもそれにあやかろうと」

「願うことがあるのか」

「この歳になれば、願うのはやすらかにあの世に行けますようにというだけです」

「最後に一花咲かそうとは思わなかったのか」

「もうそんな欲もありません」

助三ははかなく笑った。

「他の神社仏閣には行かないのか。芝増上寺とか湯島天満宮、あるいは浅草寺」

扇太郎は厳しい目を向け、助三の反応を窺《うかが》った。

「いえ。歩けません」

助三は首を軽く横に振った。

「ところで、おまえさんと親しい者といったら誰だね」

「そんなものいませんよ。あっしのような面白みのない男にはひとは寄ってきませんん。来るのは錠前について教わりたいとくる者だけです」

「ずっと独り身だったのか」

扇太郎はさりげなくきく。

「いえ、一度所帯を持ちました。でも、女房の奴、あっしの酒と手慰みに愛想をつかして子どもを連れて出ていってしまいました。もう十年前のことです」

「かみさんと子どもはどうしているんだ？」

「さあ、わかりません」

「妙見さまに願掛けとはかみさんと子どもに会いたいからではないのか」

「まあ……」

助三は曖昧《あいまい》に笑った。

扇太郎はさっきから部屋の中を探るように見たが、金を隠しているかどうかはわからない。隠すとしたら床下か。

これ以上きいても満足な答えはないと思い、話を切り上げた。

「邪魔したな」

扇太郎と伝八は助三の部屋を出た。

木戸の脇にある大家の家に寄った。

「助三のことできききたい」

扇太郎が口を開く。

「助三が何か」

「いや、たいしたことではない。助三はいつからここに？」

「七年ぐらい前です」

「じゃあ、かみさんと子どものことは知らないのだな」

「いえ、そのころはひとりでした。かみさんと子どもがいたという話は聞いています」

大家は目を細めて言う。

「よく柳島の妙見さまにお参りに行っているようだが？」

「ええ。運が開けると聞いて、行きはじめたようです」

「よく行っているのか」

「ええ。確か、去年の十月の終わりころから二十一日間の願掛けもしていたようです」

「そこまでしていたか。助三の願いは何か」

「別れたかみさんと子どものことではありませんか」

「やはり、そうであろうな」

「年取って、ふたりのことが気になるようになったのかもしれません」

「会えたかどうかは？」

「聞いておりません」

「助三を訪ねてくる男はいるか」

「いえ。ときたま、弟子というひとが訪ねてきてました。三十歳ぐらいのひとです」

錠前屋の兼助だろう。

「そうか。わかった」

礼を言い、扇太郎と伝八は大家の家を出た。

横川沿いを北に向かい、業平橋《なりひらばし》を渡って東に向かう。

やがて、柳島の妙見さまに出た。柳嶋妙見山法性寺という日蓮宗《にちれんしゅう》の寺だ。境内にある妙見堂は、開運北辰妙見大菩薩《ほくしんみょうけんだいぼさつ》を祀《まつ》ってある。

今にも雨が降り出してきそうだが、参拝客が多い。

「助三は何を願っていたんでしょうか」

伝八はきいた。

「やすらかにあの世に行けますようにではあるまい。別れたかみさんと子どもに会えるように願っていたんだろう」

扇太郎は妙見堂に祀られている開運北辰妙見大菩薩に目をやりながら言う。

「かみさんと子どもにほんとうに会えていないのでしょうか」

伝八が口にした。

「調べてみよう」

扇太郎と伝八は妙見堂を出て、業平橋まで戻り、横川に沿って深川に向かった。

深川佐賀町にやってきた。伝八が長屋を探し回り、ようやく錠前屋の兼助が住んでいる長屋が見つかった。

伝八が戸に手をかけ、

「ごめんよ」

と、開けた。

部屋で、兼助が酒を呑《の》んでいた。

「これは親分さん」

あわてて、兼助は徳利《とっくり》と湯呑みを脇にやって上がり框《がまち》までやってきた。

扇太郎と伝八は土間に入った。

「この空模様だ。仕事には行ってないだろうと思ってな」

伝八が言う。

「へえ、しかたありません」

兼助が溜《た》め息混じりに言う。

「助三のことできききたい」

「へえ」

「助三にはかみさんと子どもがいたそうだな」

「ええ、そのようですね」

兼助は素直に応じる。

「誰からきいた？」

「助三さんからです」

「助三から？　なんで助三がそんな話をしたのだ？」

扇太郎がきいた。

「へえ。もう数カ月前ですけど、助三さんが惚《ほう》けたようになっていたので、なにかあったのかときいたことがあるんです。そのとき、別れた女房と子どもを見かけたと言っていたんです」

「見かけただけか。会ってはいないのか」

「いえ。ただ、見かけたとしか聞いていません」

「助三は柳島の妙見さまに願掛けに行っていたのを知っているか」

「そういえば、そんな話を聞いたことがあります」

「何の願掛けか知らないか」

「知りません」

扇太郎は少し考えてから、

「兼助、近々助三に会うことはあるか」

と、確かめた。

「ええ、ないことはないですが。何か」

兼助は不審な顔をした。

「助三にさりげなく、かみさんと子どものことをきいてくれ。どこにいるのか知りたい」

「…………」

「助三さんに何か」

兼助は不安そうにきいた。

「たいしたことではない。ちょっと確かめたいことがあるだけだ」

「そうですか。わかりました。きいてみます」

「いいかえ。俺たちのことは内密にな」

「わかりました」

兼助は少し緊張した声で応じた。

「頼んだ」

そう言い、ふたりは土間を出た。

冷たいものが顔に当たった。

「降り出してきたか」

扇太郎は舌打ちした。

「近くの自身番で傘を借りましょう」

ふたりは長屋木戸を出て、佐賀町の自身番に急いだ。

四

夕方になって本格的に雨が降り出した。

この雨では江戸市中からの客は向島まで来るのは難儀だ。今夜の料理屋の客も少ないだろう。

だが、今夜のお葉の客は向島に別荘を持っている商家の旦那《だんな》だからやって来るらしい。

新吉は三味線の箱を桐油紙で包み、蓑笠《みのかさ》に合羽《カッパ》を着て、唐傘を差して裾《すそ》をからげたお葉といっしょに出先の『大村家』に向かった。

体に雨が打ち付けていた。お葉の差した傘から雨水が流れ落ちている。

ようやく『大村家』の勝手口に入った。お葉は女中の手を借りて、濡《ぬ》れた髪や着物を手拭《てぬぐ》いで拭《ふ》いた。

新吉は戸口に立って、女中に三味線を渡した。

「新さん。お入りな」

女将《おかみ》が出てきて言う。

「いえ、だいぶ濡れていますから」

「遠慮しないで。さあ、合羽も脱いで。この雨の中、いったん帰ってまた出てくるんじゃたいへんよ。うちで休んでいきなさいな」

「後口が入るかもしれませんので」

お葉に次の予約があれば、『桔梗家』に連絡が行くことになっている。

「この雨だもの。後口はないでしょう」

「ええ。でも、万が一ってこともありますし」

「じつはね」

女将が口調を変えた。

「うちのひとが新さんとお話がしたいんですって」

「えっ、旦那が？」

「ええ。だから、ちょっと上がって」

「わかりました」

話の内容に想像がついて、新吉はすぐに応じた。

それから、女将の案内で、帳場の隣の部屋に行った。

女将と入れ違いに『大村家』の主人が入ってきた。

「新吉、呼び止めてすまなかった」

「いえ」

「ひどい雨になったものだ」

『大村家』の主人は莨盆《たばこ》を引き寄せ、莨入れから煙管《キセル》を取り出した。

「旦那。お話というのは？」

火を点《つ》けて、ゆっくり吸って煙を吐いてから、

「『桔梗家』のお琴のことだ」

「お琴さんの？」

主人の厳しい表情が気になった。

「最近、お琴はある男とこっそり会っている」

「…………」

「色恋沙汰《ざた》ではない」

「相手をご存じで？」

新吉は身を乗り出した。

「深川門前仲町《もんぜんなかちょう》の男だ」

「仲町の？」

「どうやら、お琴を引き抜きたいようだ」

主人は眉根《まゆね》を寄せて煙を吐き、灰吹に叩《たた》いて灰を落とし、新しい刻みを詰めた。

「まさかとは思うが」

「旦那。向島にもう一輪あやめを咲かせるわけにはいかないのですか」

「無理だ」

「なぜでございますか」

「吉原との約束だ」

「でも、なぜひとりなのですか」

「ひとりならと許してもらったのだ」

「どうして吉原の意向に従わなければならないのですか」

「格だ」

煙を吐いて、主人は言う。

「お葉は吉原の芸者と同格なのだ。これが吉原の許しがなければ単なる酌婦に過ぎぬ」

「…………」

「吉原がひとりを限りに向島に芸者を認めたのは、この地が吉原への道でもあるからだ。向島の料理屋で楽しんだあとで吉原に向かう富裕な客も少なくない。吉原にとって向島はそういう位置づけだ。だが、ここにお葉のような芸者が何人も誕生させたら、向島だけで客は満足してしまう。だから、ひとりだけを認めたのだ」

「…………」

「もうひとり増やしたら、さらにあとひとりとなしくずしになる。吉原はそれを恐れている」

「どうしても無理なのでしょうか」

「難しい」

「お琴さんは十五です。ますます磨きがかかっていくでしょう。この先、どうなりましょう」

「新吉さん。お琴を引き止めてくれないか」

「もちろんです。ですが、この先のことを考えると」

「お波が考えているだろう」

主人は呟《つぶや》く。

「お波姐《ねえ》さんは、お琴さんが引き抜きに遭っていることを知っているんですかえ」

「知らないと思うが、お琴を手放すことはありえない」

「お波姐さんはどう考えているんでしょうか」

「さあな」

主人は目を背けた。

「ともかく、お琴には目を光らせていてもらいたい」

新吉はずいぶんとお琴を気にしていることが引っ掛かった。微《かす》かな不安を覚え、
新吉はあえて口にした。

「でも、旦那」

新吉はしんみりとし、

「深川に移ったほうが、お琴ちゃんにとってはいいかもしれませんぜ」

「なにを言い出すんだ」

主人の顔色が変わった。

「この先、向島にいたってお葉姐さんがいる限り……」

「お葉だって歳をとる」

あっと、新吉は声を上げそうになった。本心を見たような気がした。

数年後には、お葉に代わってお琴を目玉にするつもりなのだ。お波もそのつもりなのか。新吉は愕然《がくぜん》とした。

「どうした？」

主人が不審そうにきいた。

「いえ、なんでもありません」

「ともかく、お琴のことを頼んだ」

「へい」

新吉は胸をざわつかせながら頭を下げた。


翌日、雨は明け方には上がった。

大川の水は濁り、川の流れは速かった。新吉は茂助の船で柳橋に向かった。

桟橋に着き、新吉は陸《おか》に上がった。

「じゃあ、新さん、ここで待っているからな」

茂助の声を背中に聞いて、新吉は下柳原同朋町《しもやなぎわらどうぼうちょう》にあるお国の家に向かった。

柳も芽ぶいてきている。新吉はお国の家の前に立ち、格子戸に手をかけた。

「ごめんください」

戸を開けて、新吉は声をかける。

はあいという声と共に、若い女が現われた。

「向島から来た新吉と申します。お国姐さん、いらっしゃいますか」

「新吉さん」

奥から、お国が飛んできた。

「姐さん、突然お訪ねして申し訳ありません」

「さあ、上がって」

「へい」

新吉は部屋に上がった。

「もしかして起こしてしまったんじゃないかと気にしていたんですが」

「もう、起きているわ」

お国は白粉《おしろい》を薄く塗っていた。

「珍しいわね」

お国が茶をいれながら言う。長火鉢で鉄瓶が湯気を噴いていた。

「じつは美代次姐さんのお見舞いに行ってきました」

「そう」

お国は微かに溜《た》め息をつき、

「養生しているって誰からきいたの？」

と、湯呑《ゆの》みを差し出してきく。

「『天野屋』の旦那《だんな》です」

「あの旦那も罪作りね」

「罪作り？　どうしてですか」

新吉はきき返す。

「新吉さんがわざわざ見舞いに行くなんて酷《むご》すぎるわ。新吉さんが美代次さんの期待に応《こた》えてくれるならいいけど」

「…………」

「ごめんなさい。別に新吉さんを責めているんじゃないの」

「へえ」

「ところで、私に何か」

お国がきいた。

「お国姐さんは『高雅堂』の主人の利三郎さんをご存じですか」

「利三郎さん？　ええ、よく知っているわ」

「姐さんは利三郎さんに美代次姐さんとあっしのことをお話しになりましたか」

「……ええ、きかれてつい」

「あっしの昔のことも？」

「ええ」

お国は小さくなって、

「いけなかった？」

と、きいた。

「いえ」

「でも、どうして利三郎さんのことを知っているの？」

お国が不思議そうにきいた。

「最近は向島にやってきています」

「向島に？　じゃあ、お葉さんのところに？」

お国の表情が変わった。

「ええ」

「だから、最近はちっとも来なかったのね」

「利三郎さんとは古いんですかえ」

「そうでもないわ」

お国は厳しい表情になった。

「利三郎さんは三年前に『高雅堂』というお店を持ちましたが、それ以前は小間物の行商をしていたそうですね」

「そうね」

お国は気のない返事をした。

「あっしのことは利三郎さんのほうから持ちだしたんですかえ」

「そうよ。それじゃなければ、話す必要はないでしょう」

「利三郎さんはあっしのことを誰からきいたんでしょうね」

「お葉さん絡みでしょう。お葉さんの評判を聞いたとき、新吉さんの話題になったんだと思うわ」

「どうして？」

「美代次さんのことがあるから。美代次さんとお葉さんは恋敵だと聞けばその相手が誰かは気になるでしょう」

「利三郎さんはただの商人《あきんど》には思えないんですが」

「あのひとは……」

お国は言いさした。

「あのひとは、なんです？」

「私は若い頃の利三郎さんに会っているんです」

お国は打ち明ける。

「若い頃というと、姐《ねえ》さんが吉原の芸者だったときですかえ」

「ええ、七年ぐらい前。そのころ、ある大旦那がよく遊びに来ていたんです。金払いがよく、太っ腹な旦那でした。その旦那のお供で来ていたのが利三郎さんです。当時は利助《りすけ》と名乗っていましたが」

「そうですか」

「ところが一年後に、その旦那が火盗改に捕まったんです。盗賊の親分だったということで、主立った子分も捕まったんです」

「盗賊？　じゃあ利三郎さんも子分だったのですか」

利三郎は盗賊の仲間だったのかと、新吉は合点した。

「利三郎さんは捕まらなかったんですね」

「そうです。てっきり捕まったかと思っていたら、去年柳橋の船宿に呼ばれていったら、客で来ていたのが利助さんだったんです。利助さんも驚いていました。今は霊岸島町で小間物屋をやっている利三郎だと名乗りました」

「それから利三郎さんはお国姐さんを座敷に呼ぶようになったんですね」

「そうよ。最後に来たとき、急に新吉さんのことを口にしたの。『大菱屋』にいた小紫の間夫油木新次郎が向島で箱屋をやっていると聞いたが知っているかと。お葉さんのことも知っていたわ」

お国は吐息をもらし、

「今は向島に通っているのね」

と、呟《つぶや》いた。

「利三郎さんは誰からあっしのことを聞いたんでしょうか」

「さあ。ひょっとしたら、吉原にも行っているんじゃないかしら。最近、羽振りがいいようだから」

「そうかもしれませんね」

新吉はそう言ったが、利三郎が盗賊の手下だったということが脳裏に焼きついていた。

五

その日の夕方、新吉の家に扇太郎と伝八がやってきた。

「新吉、八巻の屋敷はどうだ？」

土間に入ってくるなり、扇太郎がいきなりきいた。

「申し訳ありません。一度、屋敷を見張ってみました。一刻《いっとき》（二時間）ほどでしたが、茂太らしき男は見つかりませんでした。やはり、屋敷を見張るというやり方では無理があります」

「そうだな」

扇太郎は難しい顔をした。

「どうしたらいいんだ？」

伝八がいらだったように、

「敵がなにもしないなら、こっちも打つ手がないまま二月末を迎えてしまう」

と、吐き捨てた。

「いえ、敵が何もしないということはありえません。あっしの存在が邪魔ですから、いつか必ずあっしを斃《たお》すために何かを仕掛けてくるはずです」

「そうだな」

　扇太郎は続ける。

「茂太は八巻貞清の股肱《ここう》の臣だ。八巻が南町のお奉行になれば、茂太も内与力として乗り込んでくるはずだ。あとで、内与力の中に茂太がいることを指摘されたら八巻も困るであろう」

　お奉行は赴任と同時に自分の家臣を内与力として南町に連れてくるのだ。

「しかし、そなたを常時見張っておくわけにはいかない」

「ええ。それに、襲ってくるのを待つよりはこっちからも攻めていきます」

「どうするのだ？」

「八巻の屋敷の前を何度も行き来し、挑発しようと思っています。長屋の武者窓から茂太が見ているかもしれませんから」

　新吉は言ったあとで、

「ただ、その前にあることをしようと思います」

　と、厳しい口調で言った、

「なにをするのだ？」

「梶井さまや親分は知らないほうが……」

「なに、どういう意味だ？」

「あっしの一存でしたことに」

「新吉、なにをする気だ？」

扇太郎が焦ったようにきく。

「ですから、知らないほうが」

「まさか、八巻の屋敷に忍び込むつもりではないだろうな」

扇太郎が厳しい顔できいた。

「………」

新吉はあえて口を閉ざすことで肯定した。

「危険だ」

「このまま待っていても危険には変わりありません」

「新吉、いつ、やるつもりだ？」

伝八がきいた。

「二、三日のうちに」

「そのとき、俺たちも屋敷の外で待機しよう」

扇太郎が気負って言う。

「いけません」

新吉は首を横に振り、

「万が一のときでも、梶井さまたちは出てきてはなりません。あっしとの共謀を疑われます。あっしは自分の手で切り抜けます」

と、言い切った。

扇太郎は何か言いたそうだったが、

「わかった。新吉にまかせよう」

と、溜《た》め息混じりに呟いた。

「そろそろ、支度をしませんと」

新吉は言った。

「わかった。何か出来ることがあったらなんでも言ってくれ」

扇太郎は励ますように言い、

「必要なら俺の手下を使ってもいいぜ」

と、伝八も支援を申し出た。

「ありがとうございます。そのときはお願いいたします」

扇太郎と伝八は引き上げた。

新吉は着替えてから、家を出た。

四半刻（三十分）後、新吉は三味線の箱を持ってお葉と共に出先の『桜家』に向かった。鶯《うぐいす》が鳴いていた。

「まあ、朝はたくさん鳴いていたけど。夕方にも鶯は鳴くのね」

お葉は立ちどまって耳を澄ませた。

「もう梅が咲きはじめています」

「春ね」

お葉がしんみり言う。横顔に憂いが漂っているように思え、

「姐《ねえ》さん、何かございましたか」

と、新吉は心配してきいた。

「えっ？ いえ、なんでもないわ」

お葉はあわてたように答える。

新吉はそれ以上はそのことに触れず、

「今夜は利三郎の旦那《だんな》ですね」

と、きいた。

「ええ」

それからお葉の口数は少なくなった。ひょっとして、利三郎から新吉のことで何か言われたのだろうかと思った。

『桜家』にお葉を送って、新吉はいったん『桔梗家』に戻り、半刻（一時間）余り過ごして、お葉を迎えに『桔梗家』を出た。

『桜家』を出ると、お葉はいつものように利三郎を見送るために土手に向かった。新吉は少し離れてついていく。利三郎の無駄のない足捌《あしさば》きを見つめていて、新吉は何か不自然なものを感じた。だが、それが何かわからなかった。

ふたりは三囲稲荷《いなり》社の鳥居をくぐった。本殿で手を合わせていたが、先に利三郎が戻ってきた。鳥居の脇にいた新吉は利三郎に声をかけた。

「明朝、お訪ねしてもよろしいでしょうか」

「構わないが」

利三郎は不思議そうな顔をした。

「じゃあ、明日《あした》」

新吉はあわてて言葉を切った。

お葉が本殿の前から離れた。

利三郎の船を見送って、新吉とお葉は『桔梗家』に帰った。

お琴が迎えに出た。

「お葉姐さん、お帰りなさい。新さんもお疲れさま」

お琴はまるで成熟したおとなの女のような調子で声をかけた。

「じゃあ、あっしは」

新吉は土間で引き上げようとした。

「待って。新さん」

お琴が引き止めた。

「お波姐さんが話があるそうよ」

「話？　さっきまでいっしょにいたんだが」

不思議に思いながら、新吉は居間に顔を出した。

「姐さん、ただいま帰りました」

「ごくろうさん」

「お話があるそうですが」

「さっき新さんが出て行ったあと、男のひとが新さんを訪ねてきてね」

「男が？」

「ええ。何だか妙なことを言うんだよ」

「妙なこと？」

「茂太のことを忘れるように。それだけを伝えてもらいたいと」

「それだけ？」

新吉は確かめる。

「そう。必ず伝えるようにと念を押して」

お波が不安そうな顔をした。

「どんな感じの男でしたか」

「三十歳ぐらいのきりりとした顔立ちの男よ」

茂太に特徴が似ている。

本人がわざわざここまでやってきたのか。なぜ、ここに……。

新吉ははっとした。

茂太のことを忘れるようにというのは脅しだろう。それをあえてお波に言づけたのは、いうことをきかなければお波たちに危害が及ぶということだ。

汚い連中だと、怒りが込み上げてきた。こうなれば、決断を実行するしかなかった。

「新さん。何かあるのかえ」

お波は不審そうにきいた。

「なんでもありません」

新吉は心配をかけないように言った。

翌朝も茂助の船で霊岸島まで送ってもらった。

陸《おか》に上がり、新吉は朝靄《あさもや》の中を利三郎の店『高雅堂』に急いだ。

店はまだ大戸が閉まっていた。脇の戸口から訪れる。

利三郎が待っていて、新吉をこの前と同じ部屋に通した。ようやく、半分開いた障子から庭が見える。外も明るくなってきた。

「新吉さん。何か」

利三郎がにこやかにきく。

「じつは先日、南町の同心と岡っ引きがやってきましてね。最近になって急に向島で遊びだした客を調べているということでした」

「…………」

「その中でも頻繁に向島にやってきている利三郎の旦那に目をつけ、あっしやお葉姐さんに声をかけてきたんです」

「私が悪いことをして稼いでいると見ているのですね」

「武家屋敷を専門に狙う盗人《ぬすっと》ではないかと。この盗人は二カ月前から盗みを働いていないようです」

「…………」

「私は否定しました。同心も岡っ引きも納得してくれましたが、あるひとから妙な話を聞きましてね」

「妙な話？」

利三郎は眉根《まゆね》を寄せた。

「利三郎さんは昔盗賊の手下だったと」

新吉は直接口にした。

利三郎は目を閉じ、腕組みをした。

そのまま時が流れた。庭からなま暖かい風が吹き込んできた。

新吉は待った。

やがて、利三郎は腕組みを解き、目を開けた。

「新吉さん。ひょっとして柳橋のお国から聞いたのではないか」

「そこはご容赦を」

「いや。だからといって、お国を責めるつもりはない。ほんとうのことだからな」

利三郎は口元を歪《ゆが》めた。

「なぜ、盗賊の仲間に？」

新吉はきいた。

「私は十四、五歳のときから鳶《とび》の仕事をしていたんです。でも、組頭と喧嘩《けんか》をして頭取の家を飛び出てしまった。十九歳のときだ、路頭に迷っているところを、夜半の徳造《とくぞう》という盗賊のお頭に助けられたんだ」

「そうでしたか」

「それから何件もの盗みを働いた。俺は身が軽いから重宝された。いつも塀をよじ上って仲間を引き入れた」

利三郎は続けた。

「ところが、七年前。隠れ家に奉行所の連中に踏み込まれ、お頭や兄貴分など主立った者はお縄になってしまった。俺はたまたま外出していて助かった」

利三郎は大きく息を吐いた。

「それから？」

新吉は先を促した。

「おまえさんの想像どおりだ。いつしかひとり働きの盗人になった」

利三郎は苦笑し、

「小間物屋の行商をして、大名屋敷や旗本屋敷に出入りをし、中の様子を頭に入れて忍び込んだ。盗む金は殿さまや奥方の部屋からだ。だから、いつも数十両だった。だが、これまでに数えきれぬほどの屋敷に入った。武家屋敷は警戒が手緩《てぬる》く入りやすかった」

「では、二カ月前まで盗みを働いていたのですね」

「そうだ」

利三郎は認めた。

「今はやめたのですか」

「そこそこ金も貯まったし、店もある。三十過ぎて、これから体の動きはどんどん鈍くなっていく。動けなくなって無様な姿を見せて引退するより、元気なうちに身を引こうと思ったのだ」

利三郎は心の内を吐露するように言う。

「そうですか」

新吉は溜《た》め息をついた。

「どうした？」

「いえ」

「あの同心に私を売るつもりか」

利三郎は鋭い目を向けた。

「そんな気はありません」

「では、なんのために私のことを探るのだ？」

「お願いがあったんですが、今はちょっと頼むのに二の足を踏んでいます」

「なんだね」

「いえ、やはり、やめておきます」

「そのつもりで私のところに来たのだろう。どんな願いかだけでも言ったらどうだね。改めて断るかもしれないが」

利三郎は穏やかに言う。

「じつは、ある男を捜しています」

「男？」

「ほんとうの名はわかりませんが、茂太としてあっしたちに接してきた男です。茂太はある旗本の家来に違いないのです」

「…………」

「しかし、最近、外に出てこないために見つけ出すことが出来ません。そこで屋敷に忍び込んで茂太がいるかどうかを捜そうと……」

「旗本屋敷に忍び込むのか。その手助けを私に？」

利三郎の目が鈍く光った。

「はい。ですが、せっかく足を洗ったのにまた引きずり込むような真似は出来ません」

「いや」

利三郎は冷笑を浮かべ、

「金を盗むわけではない。私の良心は痛まない」

と、言い切った。

「新吉さんのために一肌脱ごう」

「ほんとうですか」

「ちなみにどこの屋敷だ？」

「駿河台にある小普請組支配の八巻貞清さまのお屋敷です」

「八巻貞清か」

「かつて忍んだことがありますか」

「いや、ない。だが、武家屋敷はどこも造りは同じだ」

利三郎は自信に満ちた顔で言う。

「じゃあ、お願いしてよろしいのですね」

「任せろ。で、いつだ？」

「二、三日の内を考えています」

新吉は改めて決行の日を知らせると言い、利三郎の家を辞去した。

第三章　侵　入

一

ふつか後、きょうから二月だ。

梅の花も咲いている。

朝、奉行所を出たところで、伝八が待っていた。岡っ引きは同心が私用で雇っているだけで奉行所には属していない。

「旦那《だんな》」

伝八が近寄ってきた。

「昨夜《ゆうべ》、錠前屋の兼助がやってきました。助三の妻子のことはわからないそうですが、助三の古い仲間を思いだしたと言って知らせにきました」

「古い仲間か」

扇太郎は頷《うなず》く。

「芝の露月町《ろうげっちょう》で錠前屋をやっているそうです。屋号は覚えていないと」

「錠前屋か」

「行ってみますかえ」

「行ってみよう」

扇太郎は即応《こた》えた。

尾張町から東海道《とうかいどう》に入り、西に向かった。芝口橋《しばぐちばし》を渡り、やがて露月町にやって来た。

伝八は自身番に寄って、町内にある錠前屋をきいた。

「わかりました」

伝八が戻ってきた。

「そのものずばりの『鍵屋《かぎや》』だそうです」

そう言い、伝八は歩きだした。

ほどなく、軒下にさがった『鍵屋』の看板が見えてきた。間口の狭い店だ。

伝八が店に入った。

「すまねえ。主人はいるか」

店番の若い男に声をかける。

「少々お待ちを」

若い男は奥に行った。

しばらくして、五十過ぎの男が現われた。丸顔で、鬢《びん》の薄い男だ。

「手前が主人の作兵衛《さくべえ》ですが」

「南町の梶井さまと手札をもらっている伝八ってものだ。出し抜けだが、錠前直しの助三を知っているか」

「助三が何かしたんですかえ」

作兵衛はあわせたようにきく。

「どうしてそう思うんだ？」

「どうしてって、同心の旦那と親分が訪ねてくれれば、誰だってそう思うんじゃありませんか」

「そうではない。ただ、参考のためにききたいのだ」

「参考のためにねえ」

作兵衛は鼻を鳴らした。

「なんだ、助三のことで話したくないことでもあるのか」

「そうじゃありませんが、どんな用かわからないと」

「助三の別れたかみさんと子どものことだ」

扇太郎が口を出した。

「おかつさんの？」

「おかつというのか」

「へえ、そうです。もう十年前に別れているんです。おかつさんのほうが愛想をつかして子どもを連れて逃げてしまったんですがね」

「どうして愛想をつかしたのだ？」

伝八がきいた。

「酒と博打《ばくち》ですよ」

「そんなに過ぎたのか」

「ええ、稼いだ金はすべて酒と博打に消えたはずです。おかつさんは自分で働いて子どもを育てようと」

「で、その後、おかつと子どもとは音信不通のままか」

扇太郎が確かめる。

「会ってないでしょう。でも、会いたがっているようです」

「会いたがっている？」

「ええ。祈願していましたから」

「柳島の妙見さまに願掛けしていたみたいだな」

「そうですか」

「そうですかって、祈願しているのは柳島の妙見さまじゃないのか」

伝八が訝《いぶか》ってきいた。

「あっしが知っているのは神明宮ですよ」

「神明宮？」

扇太郎は身を乗り出して、

「助三の住いは本所だ。わざわざ、参拝に来たのか」

「来ました。それも夜参りに」

「夜参り？」

「ええ。誰に聞いたのか、夜参りのほうが願いが叶《かな》うからと」

「そうな言い伝えがあるのか」

扇太郎は首を傾げた。

「あっしも知りませんでしたが、助三は信じてました」

「夜参りだと本所まで帰るにはたいへんだ。どうしたんだ？」

「ここに泊まりました」

「なに、ここに？」

「へえ。うちの離れを貸してやりました。空いていたので」

「つまり、助三は神明宮に夜参りするためにそなたのところに泊まり掛けでやってきたというわけか」

「そうです」

作兵衛は頷く。

増上寺ではなく、神明宮だった。が、いずれにしても同じだ。

「夜参りに出かけたのは何時だ？　帰ってきたのは？」

「四つ半（午後十一時）ごろ出て行き、半刻《はんとき》（一時間）後に帰ってきました」

「それはいつだ？」

扇太郎は問いつめるようにきいた。

「いつでしたか……」

作兵衛は首をひねった。

「なにしろ、ふた月近く前のことでしたから」

「去年の暮れか」

「そうです」

「十二月三日ではないか」

「ちょっと思いだせませんが」

「その日の夜、神明町にある蠟燭《ろうそく》問屋『三州屋』に盗人《ぬすっと》が入った。翌日に騒ぎになっていたはずだが」

「ええ、そうです。思いだしました。その日です」

作兵衛は続けた。

「次の日の昼前、助三さんたちが帰り支度をしていると、岡っ引きと手下が聞込みにきて、『三州屋』に盗人が入ったと」

「ちょっと待て。助三さんたちと言ったが、助三はひとりじゃなかったのか」

「ええ、助三さんの親しい友だちがいっしょでした」

「親しい友だち？　若い男か？」

「いえ、四十半ばぐらいで、冬吉《ふゆきち》という男です」

「冬吉か。そなたは冬吉とははじめてか」

「へえ。はじめて会いました」

「どんな感じの男だ？」

「小柄で、色の浅黒いひとでした。渋い顔をしていて、若い頃はいい男だったろうと思いました」

「錠前屋か」

「いえ。錠前屋ではないようです。錠前屋だったら私も知っているはずですから」

「冬吉がどこに住んでいるか聞いていないか」

「聞いてません」

作兵衛は首を横に振った。

「その冬吉も夜参りに御利益があると思っていたのか」

扇太郎は確かめた。

「ええ、ふたりとも信じているようでした」

「で、岡っ引きは助三と冬吉にも会っているのか」

伝八がきいた。

「ええ。会っていました」

「助三と冬吉にしつこくきいていなかったのか」

「ええ。特には」

「そうか」

伝八は顔をしかめた。

ふたりは年寄りだから、岡っ引きも疑わなかったのだろう、と扇太郎は思った。

「その後は助三はやってきたのか」

伝八がきいた。

「いえ」

作兵衛は不安そうな顔をして、

「まさか、『三州屋』の盗みと助三さんが何か関係が……？」

と、きいた。

「いや、そういうわけじゃねえ」

伝八は曖昧《あいまい》に答える。

「助三はこれからも夜参りを続けるつもりのようだったか」

扇太郎はきいた。

「そんな感じでした」

「神明宮は一度だけか」

「そうみたいですね」

「別れたかみさんのおかつとは助三はどこで知り合ったんだ？」

「おかつさんは神田佐久間町《かんださくまちよう》にある『俵屋《たわらや》』っていう薪炭問屋の女中でしたよ。助三が錠前の修理で『俵屋』を訪れたときに知り合ったようです」

「薪炭問屋の『俵屋』か」

「でも、もう二十年前のことですからね」

「おかつが出て行ったのは十年前か」

「そうです」

「わかった。邪魔をした」

扇太郎と伝八は『鍵屋』を辞去した。

再び、東海道に出て日本橋方面に向かいながら、

「助三と冬吉でしょうか」

と、伝八が口にした。

「間違いない。あのふたりが闇猿だ」

「冬吉は盗人ですね。それで、錠前破りに助三を誘った？」

「そうだろう」

「でも、なんで、闇猿の置き文を残したんでしょうか。自分たちの仕業だというこ

とを誇示したかったのでしょうか」

「待てよ」

扇太郎は頭の中にさまざまな思いが浮かんでは消えて、

「ひょっとしたら、本物の盗賊の仕業に見せかけるためかもしれない」

と、思いついた。

「本物の盗賊の仕業に？」

「そうだ。冬吉はもともと盗賊ではないのかもしれない。軽業師上がりか鳶職《とびしょく》だったか。錠前破りと身の軽い素人が本物の盗賊の仕業に見せかけて盗みを働いたのではないか」

扇太郎は助三の顔を思いだして言う。

「助三の野郎、歳とると、何ごとも億劫《おっくう》になっちまった。歩き回る根性もないとか抜かしやがって」

伝八が悔しそうに吐き捨て、

「しょっぴきますか」

と、気負い立った。

「いや。証《あかし》が足りない。作兵衛の家に泊まった日に土蔵が破られたのは偶然と言われたら反論出来ない。それに、助三と冬吉が作兵衛の家を出たのは四つ半（午後十一時）。半刻《はんとき》（一時間）後には帰っている。だが、いつ土蔵を破られたのかわかっていないのだ」

「そうですね」

「助三が盗人なら池之端仲町の『山代屋』、田原町にある『佐倉屋』の近くでも、夜参りと称して知り合いの家に泊まっているかもしれぬ」

それぞれ、湯島天満宮と浅草寺がある。

「その近辺の錠前屋に聞込みをかけてみますか」

伝八が言う。

「錠前屋とは限らない。錠前直しを通じて知り合った者かもしれない。いずれにしろ、土蔵が破られた日に夜参りをしていたら、もう偶然とは言えない」

扇太郎は手応《てごた》えを感じながら言い、

「助三に会ってみよう」

と、言った。

一刻（二時間）後、扇太郎と伝八は本所入江町の日陰長屋に助三を訪ねた。

助三は部屋の中で壁に寄り掛かって居眠りをしていた。土間に入って、伝八が大声で呼びかけ、やっと目を覚ました。

「あっ、旦那《だんな》に親分さん」

助三は寝ぼけ眼で口を開いた。

「座ったまま寝ていたのか」

伝八がきく。

「へえ、ちょっとのつもりが、長く寝入ってしまったようで。歳取るといけません。すぐ眠くなります」

助三は生あくびをした。

歳を強調するための芝居ではないかと、扇太郎は疑った。

「で、どんな御用で？」

助三は上がり框《がまち》まで出てきていた。

「露月町の錠前屋『鍵屋』の主人作兵衛を知っているな」

「へい。古くからのだち公ですから」

「去年の師走《しわす》の三日、おめえは作兵衛のところに泊まり掛けで行ったな」

「へえ。じつは神明宮の夜参りがしたくって」

「夜参り？」

助三のほうから夜参りのことを持ちだしたので、扇太郎は思わずきき返した。

「へえ。夜のほうがじっくりお参りが出来ますので」

「しかし、それにしても四つ半（午後十一時）過ぎてお参りとはずいぶん遅くないか」

扇太郎は助三の表情の変化を見逃さないようにじっと見つめてきいた。

「そのほうが御利益があるというので」

「誰がそんなことを？」

「冬吉というひとです」

「作兵衛の家にいっしょに泊まった男だな」

「そうです」

「あの男は何者だ？」

「詳しくは知りません」

「知らない？」

「妙見さまにお参りに行ったときに知り合ったんです。そんとき、芝神明宮で夜参りをすれば御利益があるそうだと言っていたんです。で、あっしの知り合いが神明町にいるから、夜参りに行こうということになって」

言い訳を用意していたのか、助三はすらすら答える。

「御利益あったか」

扇太郎はきいた。

「いえ、これといって別に」

助三は笑った。

「湯島天満宮と浅草寺にも夜参りをしたのか」

「いえ」

「してないのか」

「へえ」

「ほんとうか」

「へえ」

「まあいい。冬吉はどこに住んでいる？」

「知りません」

「知らない？」

「ええ。お互い、相手のことを深く詮索《せんさく》しないので」

「じゃあ、連絡はどうやってとるのだ？」

「向こうが会いたくなればここにやってくるでしょうし、そう思わなければもう会うこともないでしょう」

助三は割り切ったように言った。

なぜ、これほど助三は落ち着いていられるのか。扇太郎は思わぬ手ごわさを感じていた。

二

ふつか後の夜、新吉は出先にお葉を迎えに行った。

その帰り、お葉について三囲稲荷《いなり》社まで行った。お葉はいつもより長く本殿で手を合わせていた。

お葉の後ろ姿を見ていて、新吉は胸が締めつけられそうになった。お葉はやはり何かに悩んでいる。そう思った。

自分が美代次の見舞いに行ったことがお葉を苦しめているのだろうか。美代次に同情し、鞍替《くらが》えを考えているのではないか。そう思って、苦しんでいるのか。自惚《うぬぼ》れではないが、新吉はそんなことを思った。

お葉が本殿に一礼をし、踵《きびす》を返した。

新吉はお葉を待って、声をかけた。

「姐《ねえ》さん、何か屈託でも？」

「いえ、なんでもないわ」

お葉は笑みを浮かべたが、作り笑いにしか思えなかった。

「そうですかえ。もし、何か困ったことでもあるのならなんでも仰《おっしゃ》ってくださいな」

「ありがとう。でも、なんともないの」

お葉は凜《りん》とした態度で言った。

『桔梗家』まで帰る道すがら、お葉が何度か溜《た》め息をつくのがわかった。

お葉を苦しめているものが何か、それを突き止めたいと思った。

『桔梗家』の戸を開けて、

「お葉姐さんのお帰りです」

と、土間に入って声をかける。

すぐに、お琴が出てきた。

「姐さん、お疲れさま」

お琴がお葉の手をとり、座敷に上げた。その姿は仲のよい姉妹のように見えた。

だが、そのまま受け取っていいものかどうかわからなかった。

新吉は三味線の箱を置き、

「では、あっしはこれで」

と、挨拶《あいさつ》をした。

「新さん、上がっていかないんですか」

お琴が声をかける。

「へえ、お葉姐さんもお疲れのようですから」

新吉は『桔梗家』を出た。

自分の家に戻り、すぐに黒っぽい着物に着替えた。そして、柳行李《やなぎごうり》の底から刀をとり出した。十八歳のときの御前試合で一等になったときに殿から賜った国貞《くにさだ》の名刀である。

両手で捧《ささ》げ持ち、一礼してから刀を袋から取り出す。そして目釘《めくぎ》を外し、刀を鞘《さや》から抜いた。

次に柄《つか》から刀身を抜き、茎《なかご》を握って拭《ぬぐ》い紙で刃を拭《ふ》き、打粉を打つ。刀身にまんべんなく粉をつけ、拭い紙で打粉を払う。

さらに油を引き、刀身を立てて鍔《つば》をつけ、最後に茎を柄に納めて目釘を差し入れる。

新吉は握りを確かめ、鞘に納めた。

その刀を茣蓙《ござ》で巻き、新吉は素早く外に出た。

水戸家下屋敷の脇を流れる源森川《げんもりがわ》に急いだ。そこの桟橋に、茂助が船を用意して待っていた。

「とっつぁん。すまない」

新吉は声をかけて船に乗り込む。

「いいかえ、行くぜ」

新吉が腰を下ろしたのを確かめて、茂助は棹《さお》を使って船を出した。闇の中を船は静かに大川に向かった。

源森橋をくぐって、大川に出る。茂助は櫓《ろ》に替えて、大川を下った。

「迎えは明日《あした》の朝か」

茂助がきいた。

「そうしてもらえるか」

「わかった。でも、あまり無理しないでな」

「ああ、そうする」

新吉は答えた。

吾妻橋をくぐり、蔵前の米蔵を過ぎ、柳橋の船宿の明かりが見えてきて船は向きを変えて神田川に入って行った。

新シ橋、和泉橋、筋違橋をくぐり、やがて太田姫稲荷《いなり》神社に近い桟橋に船が着いた。

「じゃあ、とっつぁん。行ってくる」

新吉は陸《おか》に上がった。

「ここで待っている」

「すまない」

新吉は闇の中を太田姫稲荷神社に足を向けた。

神社の鳥居をくぐった。本殿の横に行くと、すでに黒装束に身を包んだ利三郎が待っていた。

「早かったな」

利三郎がきいた。

「利三郎さんのほうこそ」

「じつは八巻の屋敷の周囲をまわってきた。忍び込む場所を調べた」

「そうですか」

ちょうど夜四つ（午後十時）の鐘が鳴り出した。

「いい時分だ」

そう言い、利三郎は鳥居のほうに向かって歩き出した。新吉も横に並んだ。

辻番所《つじばんしょ》を避けながら駿河台に上がった。八巻貞清の屋敷はしんとしていた。

利三郎が目をつけた場所は屋敷の北側の塀だった。星明かりが辺りをほのかに映し出している。塀の内側に松の枝が伸びていた。

「ここを上れるのですか」

新吉は塀を見上げて言う。

「これだけの広さがあれば助走をつけるにはちょうどいい」

利三郎は塀の前を見て不敵に笑った。

「じゃあ、行く」

利三郎は頬被《ほおかぶ》りをして、新吉に顔を向けた。

塀から離れ、いきなり塀に向かって駆けだした。塀にぶつかると思ったとき、利三郎は跳び、塀の中程に足をつけ、勢いに任せてあっという間に塀の上に乗った。

新吉はその鮮やかな動きに目を瞠《みは》った。これだけの動きが出来るのに、なぜ盗みをやめたのか。堅気になることに越したことはないが、まだまだ老けこむには早すぎる。

利三郎が松の枝に縄をかけ、塀の外に下ろした。新吉はその縄を持ち、壁を足で蹴《け》りながら塀の上にたどり着いた。

「新吉さんも身が軽いんですね」

利三郎が感心して言い、縄を回収し、懐に仕舞った。

ふたりは庭に飛び下りた。かなたに母屋が闇に浮かんでいる。しかし、家来の住いは正門の両側に並んでいる表長屋と東側の塀に沿って並んでいる中長屋だ。

しばらく、その場で様子を窺《うかが》う。静かだった。まるで、野中にいるようだ。

利三郎が動いた。新吉もあとに従う。

庭木戸を出て、まず中長屋のほうに向かった。

八巻貞清は三千石の旗本だ。家来の数も多い。しかし、茂太と名乗った男は八巻の近くで奉公している者だ。

中長屋のほうが部屋は広そうだ。上級な家来が住んでいる長屋に思えた。やはり、戸は閉まり、部屋の中を見て行くのは無理だ。

途中で、新吉は足を止めた。

「待って」

利三郎に声をかける。

「どうしたんだ？」

利三郎が顔を向けた。

「あそこに明かりが」

表長屋のほうから提灯《ちょうちん》の明かりが近づいてきた。提灯はふたつ。

「見廻《みまわ》りです」

「警戒しているのか」

「おそらく、常の見廻りでしょう」

やがて、目の前を見廻りが横切って行った。

再び、中長屋に向かって歩きだす。

「利三郎さん」

また、新吉は声をかけた。

「利三郎さんはさっきの忍び込んだ塀のところにいてもらえますか」

「でも、ひとりでどうやって部屋の中を見て行くんだ？」

「あの造りでは中を覗《のぞ》くことは無理です。少し乱暴ですが、ひとりを捕まえ、その男を使います」

新吉は言い、

「もし、騒ぎになったら利三郎さんはすぐ逃げてください」

「新吉さんは？」

「あっしは闘って切り抜けます」

「でも」

「なんとかなります。さあ、行ってください」

「わかった。では、さっきの場所で待っている。そこに逃げてくるのだ」

そう言い、利三郎は引き返した。

ひとりになって、新吉はくるんだ茣蓙《ござ》から刀を取り出し、帯に差してから中長屋に向かった。

一番端の部屋の前に立った。辺りを見回したが、ひとの気配はない。

新吉は戸を叩《たた》いた。

奥から物音がした。

「誰だ、今頃？」

戸の内側から声がした。

「急用だ。開けてくれ」

新吉は急《せ》かすように言う。

「待て」

戸が開き、袴姿《はかますがた》の侍が顔を出した。まだ、就寝はしていなかったようだ。

頬被りをした顔を見て、叫び声を上げようとした。が、新吉は素早く抜刀し、刃《やいば》を相手の喉《のど》に当てた。

「騒げば喉を斬る」

新吉は脅した。

「わかった」

侍は答えた。

「家来の中に、三十歳ぐらいのきりりとした顔立ちの男はいるか」

「…………」

「どうなんだ」

「何人かいる」

「この長屋には？」

「ふたりいる」

「そのふたりのところに案内してもらおう」

「なにをするんだ？」

「ひと捜しだ」

新吉は刃を喉に押しつけ、

「さあ、案内するのだ」

侍は歩きだした。三軒隣の部屋の前で立ちどまった。

「呼び出してもらおう。相手が顔を出したら、適当にごまかして引き上げろ」

「なんて言うんだ？」

「勘違いだったとでも言え」

新吉は横に立ち、男の脇腹に切っ先を押しつけた。

「妙な真似をしたら突き刺す」

「わかった」

侍は戸を叩いた。

「誰だ？」

中から声がした。

「俺だ。田代《たしろ》だ」

「待て」

中から戸が開いた。三十過ぎの目つきの鋭い男が顔を出した。この男も袴を穿《は》いている。茂太ではなかった。

「なんだ？」

相手が不審そうにきいた。

「すまん。勘違いだ」

「勘違い？」

「そうだ」

田代と名乗った男はあとずさった。

戸が閉まった。

「次だ」

新吉は促す。

その並びの数軒移動した先で、田代は足を止めた。

「さあ」

新吉は促す。

田代は戸を叩いた。

「田代だ。開けてくれ」

内側から戸が開いた。

三十ぐらいの細面の男が現われた。茂太ではなかった。

「すまない。勘違いだ」

田代は言う。

「わかった」

相手は素直に戸を閉めた。

「今度は表長屋のほうだ」

田代が先に言い、表長屋のほうに歩きだした。

新吉は田代の脇腹に剣先を押しつけて向かったが、表長屋に近づくに従い、辺りに不穏な空気が漂っているのを感じ取った。

前方からがんどうの明かりが照らされた。その瞬間、田代が逃げた。数人の侍が待ち構えていた。背後にも侍が迫った。

表長屋からと中長屋から侍が飛び出してきたのだ。

「くせ者」

誰かが怒鳴った。と、同時に背後からひとりが斬りつけてきた。新吉は振り向いて迫った剣を弾《はじ》いた。

正面から大柄な侍が剣を脇構えにして突進してきた。その剣を払い、右手から襲いかかった侍に足を踏みこんで相手の脾腹《ひばら》に峰打ちを食わせた。うめき声を発して侍はうずくまった。またも背後から襲ってきた。新吉は身を翻して、相手の二の腕目掛けて斬りつける。悲鳴が上がって。相手は剣を落とした。

続けざま、別の侍が剣を大上段に振りかぶって裂帛《れっぱく》の気合いで迫った。新吉も相手に向かって地を蹴《け》った。相手の剣を弾き、すれ違いざまに相手の腕に切っ先を向けた。数歩行き、新吉は立ちどまって振り返った。

侍が腕を押さえて片膝《かたひざ》をついていた。まだ十数人の侍が新吉を取り囲んでいる。新吉は侍たちの顔を見回す。

星明かりの下で顔ははっきりわからないが、茂太はいないようだ。どこぞに隠れているのか。

左右から剣が迫ってきた。新吉は右手の敵に剣を向けて牽制《けんせい》し、すばやく左手の敵に向かって斬り込んだ。驚いている敵の剣を叩き落とし、すぐに右手の敵に突進した。相手も剣を振り下ろした。激しく剣と剣がかち合った。新吉は剣を引き、相手が体勢を崩したところで二の腕に切っ先を向けた。その侍も呻《うめ》いて剣を落とした。

年配の侍が前に出てきた。がっしりした体つきの男だ。

「何者だ。名を名乗れ」

「名乗るほどの者ではない」

「盗賊か」

「ひとを捜している。茂太と名乗った侍だ」

「そんな者はおらぬ」

「いるはずだ。これで全員ではないだろう」

新吉は剣を構えたまま迫る。

そのとき、槍《やり》を持った侍や刺股《さすまた》や突棒《つくぼう》、それに梯子《はしご》、網などを手にした男たちが現われた。

「生きては帰さぬ」

「あんたの名は？」

新吉はきいた。

「増崎重四郎《ますざきじゅうしろう》だ」

「八巻さまが南町の奉行になった暁には、あんたも内与力として奉行所に乗り込むのか」

「…………」

「どうやら、図星らしいな。だが、そんなことはさせない」

新吉は挑発するように言う。

「そなたは生きては帰れぬのだ」

「悪事は潰《つい》える」

「やれ」

刺股を持った者がふたり前に出てきた。新吉は剣を正眼に構える。長い棒が突きだされた。新吉は身を翻して避《よ》けた。

そこに槍の穂先が蛇の鎌首のように新吉の喉元《のどもと》目掛けて迫った。刺股を警戒しながら、槍の穂を払った。

槍を持った侍は柄を長く持ち、頭上で振り回しながら新吉に向かってきた。新吉はあとずさった。穂先は風を切り、唸《うな》りを発して新吉の胸の前を掠《かす》めた。

新吉は闘いながら新たに現われた侍の顔を見たが、茂太らしき男はいなかった。

新吉はいきなり踵《きびす》を返し、忍び込んだ場所まで逃げた。すると、そこに三人の侍が待ち構えていた。

さっきの侍たちが追いついてくる。新吉は三人に向かって斬り込んだ。三人がばらばらになった隙をつき、剣を鞘《さや》に納め、松の枝に飛びついた。そして、反動をつけて枝に飛び乗り、塀の外に向かって大きく跳んだ。

着地したとき、裏口から侍たちが駆けてくるのが見えた。新吉は暗闇に向かって駆けだした。

三

翌朝、新吉の家の戸が叩《たた》かれた。

「新吉さん」

その声の主がすぐわかった。

「どうぞ」

新吉は声をかけた。

戸が開き、利三郎が入ってきた。

「無事だったか」

土間に立った利三郎はほっとしたように言った。

「ええ、なんとか逃げ延びました」

新吉は苦笑して言う。

「じつは塀のところで待っていたんだ。そしたら、三人の侍ががんどうを照らしながら近づいてきた。仲間がいるかもしれないと思って捜しにきたのかと思い、塀を乗り越えて逃げたのだ」

「先に逃げていてよかったです。どうも、あの者たちは警戒していたようです」

「警戒？　どういうことだね」

「あっしが忍び込むことを予期していたようです」

「予期していた？　どうしてだ？」

利三郎が不思議そうにきいた。

「じつはあっしは一度、あの屋敷を見張ったことがあったんです。あのとき、見られていたのでしょう。まったく気づきませんでしたが」

新吉は自嘲《じちょう》ぎみに、

「相手はあっしの動きを読んだのでしょう。いつか、屋敷内に忍び込むと。長屋の侍たちは夜更けだというのに皆袴《はかま》を穿《は》いていました。誰も寝る支度をしていなかったんです」

「そうだったか」

利三郎は顔をしかめ、

「でも、無事でよかった」

と、頷《うなず》きながら言った。

「かえって御迷惑をおかけして申し訳ありません」

新吉は謝った。

「とんでもない。でも、せっかく危ない橋を渡ったのに何の手掛かりも得られなかったのは残念だ」

「ええ。でも、わかったこともあります」

「わかったこと?」

利三郎は不思議そうにきいた。

「あっしを斃《たお》そうと躍起になっているということです。やはり、あっしが生きていたのでは都合が悪いと思っていることがはっきりしました」

「でも、そのことはわかっていたことではないのか」

「ええ、そのとおりです」

もうひとつ、大きな手掛かりが見つかるかもしれないと口にしようとしたが、そこまで言う必要はないと思った。

「これからどうするのだ?」

利三郎はきいた。

「相手はあっしを斃すためにいろいろ手を打ってくるでしょう。それを迎え撃つしかありません。ただ」

新吉は息を継いで、

「これまでもあっしを襲ってきた連中は茂太という男に金で雇われた者ばかりでした。捕まえても、何もわからないのです。これからも金で雇った者を遣わすか、それとも茂太自身が現われるか」

金で雇った連中では新吉を斃せないとわかったはずだ。だから、自分たちの手で始末しようとしてくるかもしれない。それが新吉の狙いだった。

「もし、私で手伝えることがあれば何でも言ってくれ」

「ありがとうございます」

「朝早くすまなかった」

利三郎は引き上げて行った。

朝餉《あさげ》を食い終えたあと、戸が開いた。

「邪魔をするぜ」

伝八が入ってきた。扇太郎も続いた。

「こんなに早く何か」

新吉がきいた。

「昨夜《ゆうべ》、駿河台の八巻の屋敷に盗賊が入ったそうだ」

扇太郎が切り出した。

「どうしてそのことを?」

「辻番所《つじばんしょ》の番人から八巻さまの屋敷で騒ぎがあったと自身番に話が行き、それを伝八が聞き込んだのだ」

「そうでしたか」

「新吉、そなたか」

扇太郎が確かめた。

「そうです」

新吉は認めた。

「屋敷内に忍び込んで、家来の中に茂太と名乗った男がいるかどうか見届けようとしたんです。でも、見つかりませんでした」

新吉は昨夜の状況を、利三郎のことを除いて詳しく話した。

「じゃあ、茂太はいないのか」

「いえ、昨日の様子からして、どうもあっしが忍び込むことを予期して待ち構えていた節があります」

「そなたが屋敷を見張っていたことを気づかれていたか」

扇太郎が推し量って言う。

「ええ、あっしの動きを読んだのでしょう」

新吉はとりあえずはそういう言い方をし、

「つまり、そこまで読むということは、探られたくないことがあるからです。茂太のことでしかありません」

と、言い切った。

「屋敷の者は賊がそなただとわかっていたのだな」

「そうです」

新吉は眉根《まゆね》を寄せた。

「どうした、何か心配ごとが？」

「じつは、『桔梗家』のひとたちに危害が加えられないか心配で」

新吉は懸念を口にした。

「誰かつけようか」

扇太郎が言う。

「いいえ、かえって心配させてしまいます。あっしが注意をしてみます。ただ、ときたま見廻《みまわ》りをお願い出来れば」

「いいだろう」

扇太郎は厳しい顔になり、

「ともかく、八巻さまをお奉行として仰ぐことは御免だ。なんとしてでも、阻止しなければならない」

と、力んで言った。

「ところで、闇猿の探索は進んでいるんですか」

「ああ、見当をつけた。あるふたり組だ」

扇太郎は即座に応じたが、

「だが、捕まえるだけの証《あかし》がない」

と、渋い顔をした。

「いろいろ盗みを働いてきた者ですか」

「いや。それが素人なのだ。それも、ふたりとも年寄りだ」

「年寄り？」

「五十半ばだ」

「ずいぶん元気ですね。ひとりは身の軽い男だ。庭の松の枝に縄を引っかけて塀をよじ上っていく。そして、裏口の閂《かんぬき》を外す。錠前破りの年寄りが庭に入り、土蔵の錠前を開け、中から五百両だけ盗み、そこに闇猿と書かれた置き手紙を残していく。こうしておけば、盗みの玄人の仕業と思わせられるからだ」

「なるほど。闇猿の置き手紙から盗人《ぬすっと》が年寄りふたりだとは想像出来ませんからね」

新吉は感心したが、

「でも、梶井さまはどうして年寄りふたりの仕業とわかったんですかえ」

と、疑問を口にした。

「まあ、偶然が重なったんだが」

扇太郎は錠前屋の助三の話をし、

「助三の妻子のことが気になって調べようとして、露月町に住む助三の古くからの知り合いを訪ねて、夜参りの話を聞いたってわけだ」

と、話した。

「そうでしたか」

新吉は応じてから、

「ところで、以前、武家屋敷専門に狙う盗人の話をしていましたね。二ヵ月前から盗みを働いていないようだと」

「うむ。そうだ。どこぞの屋敷で盗みに入られたことを隠していることも考えられなくもないが」

「それまでは頻繁に盗みを働いていたのですよね」

新吉は繰り返してきく。

「いったい、なぜ、盗みをやめたのでしょうか」

「わからぬ。だから、最初は闇猿がその盗人かと思ったのだ。しかし、闇猿の正体がわかってくると、別人だということがわかる」

扇太郎は答えてから、

「なぜ、そんなことに興味を持つのだ？」

と、不審そうにきいた。

「なんでもありません。ただ、向島に現われるかもしれませんからね」

新吉は言い訳をした。

「茂太のことを十分に気をつけろ」

扇太郎はそう言い、引き上げた。

新吉はひとりになってまた昨夜のことを考えた。なぜ、待ち構えていたのか。その答えを出すためにはまだ確かめなければならないことがあった。

『桔梗家』の戸を開けると、土間に女物の下駄《げた》があった。髪結いが来ているのだ。

お琴がちょうど出かけるところだった。

「お稽古《けいこ》かえ」

新吉が声をかける。

「ええ、『武蔵屋』さんへ」

『武蔵屋』に踊りの師匠がやってきて、踊りの稽古がある。

「行ってきます」

「気をつけて」

新吉はお琴を見送って、部屋に上がった。

「失礼します」

居間の敷居の前で声をかけ、新吉は襖《ふすま》を開けた。

お波は長火鉢の前に座って茶を飲んでいた。

「新さん。ちょっとここへ」

お波が声をかけた。

新吉は長火鉢の近くに腰を下ろした。

湯呑《ゆの》みを置き、お波は声をひそめ、

「最近、お葉は元気がないように思えるんだけど、新さんはどう思う？」

「そうですか」

新吉はとぼけた。

「新さんは感じないかえ」

「ええ、特には。姐《ねえ》さん、何か、気になることでも？」

「ときたま、物思いに耽《ふけ》っていて、私が声をかけても気づかないことがたびたびあって」

「考え事をしているってことですね」

「そうね。それから、溜《た》め息を漏らすことも」

お波は表情を曇らせた。

「姐さんは何か心配事に心当たりが？」

「それより、新さん。昨夜《ゆうべ》、どこかにお出かけ？」

「昨夜？」

新吉はどきりとした。

「どうしてですかえ」

「ええ……」

お波は曖昧《あいまい》に口を閉ざした。

「姐さん。何かあったんですか」

「昨夜の四つ（午後十時）過ぎ、『大村家』の若い衆がうちの戸を叩《たた》いてね。なんだと思ってお琴が出て行ったら、新さんの家に行ったら留守だったので、こちらではないかと」

「『大村家』の若い衆が？」

「ええ。旦那《だんな》に頼まれて急ぎの用だと。ここにいないというと、いったん引き上げて、また半刻《はんとき》（一時間）後にやって来て、やっぱり新吉さんは留守だったと」

「……………」

「新さん。どこかへ出かけていたの？」

お波が探るようにきいた。

「じつは茂助さんの家に」

「茂助さんの？」

お波は怪訝《けげん》そうにきく。

「ええ、お酒を呑みながら茂助さんの昔話を聞いていて時が経つのも忘れて、家に帰ったのはもう子《ね》の刻（午前零時）を大きくまわっていました」

新吉は苦しい嘘をついた。ほんとうのことを言うわけにはいかないのだ。

「ほんとうね」

お波が疑わしげにきいた。

「ええ。ときたま、茂助とっつぁんと呑むことがあるんです」

「そう」

「姐さん、そのことが何か」

「私はまた……」

「また、なんですね」

「美代次さんのところかと」

「美代次姐さんの？　とんでもない。どうしてそんなふうに思ったんですね」

「だって、美代次さんは恋煩いなんだろう？」

「恋煩いですって。誰がそんなことを？」

「『天野屋』の旦那がそう言っていたんじゃないのかえ。新さんに見舞いに行ってもらいたいと頼んだのも、美代次さんは新さんを思い焦がれて身をやつしたからでは……」

「美代次姐さんはそんなことで病になるお方じゃありませんよ」

「そうかしら」

「もし、『天野屋』の旦那がそんなことを言ったのなら、旦那の思い込みってやつですよ。美代次姐さんにとってはいい迷惑じゃありませんか」

「そう……」

お波は納得しないような顔をした。

そのとき、二階から髪結いの女がおりてきた。

「姐さん、お世話さまでした」

「ごくろうさん」

お波が髪結いに声をかける。

髪結いが引き上げ、髪を芸子島田に結ったお葉が居間に入ってきた。

「お葉姐さん、おはようございます」

「新さん」

お葉が強張《こわば》った顔できいた。

「昨夜、どこかにお出かけ？」

お葉もきいてきた。

「今、お波姐さんにもお話ししたんですが、茂助さんのところでお酒を呑みながら昔話を聞いていて時が経つのも忘れちまったんです。家に帰ったのは子の刻（午前零時）を大きくまわってました」

お波に言ったのと同じように嘘をついた。

「そうだったの」

お葉は微笑んだが、やはり表情は暗かった。

それから座敷着に着替え、お波に切り火をしてもらって『桔梗家』を出た。

出先の『大村家』に着き、三味線の箱を女中頭に渡し、お葉が座敷に向かったあと、新吉は女将《おかみ》に声をかけた。

「昨夜、こちらの若い衆があっしのところに来たそうですが」

「ちょっと待って」

女将はすぐ帳場に行って戻ってきた。

「うちのひとが呼びに行かせたそうよ。さあ、上がって」

「へい」

先日と同じ帳場の隣の部屋に案内された。

すぐに『大村家』の主人が入ってきた。

「旦那、昨夜はすみませんでした」

新吉は詫《わ》びてから、

「何かあったんですかえ」

と、きいた。

「うむ、じつは昨夜、仲町の『平野《ひらの》』の主人がやって来た」

「『平野』の旦那が？」

新吉は胸がざわついた。

『平野』は深川門前仲町にある大きな料理屋だ。

「まさか」

「そのまさかだ。お琴を鞍替《くらが》えさせられないかということだ」

「とんでもない」

新吉は即座に拒んだ。

「お葉とお琴は並び立たない。このままではいずれ、ふたりは対立するようになる。

ふたりを潰《つぶ》さないためにもお互いを引き離すべきだと、『平野』の主人が言う」

「そんなことにはなりません」

「そう言い切れるのか」

「………」

「お波に話す前に、おまえさんに告げておこうと思ってな」

「旦那はお琴さんを仲町に鞍替えさせることに同意なんですか」

「いや」

『大村家』の主人は莨盆《たばこ》を引き寄せ、莨入れから煙管《キセル》を取り出した。

「旦那。お波姐《ねえ》さんにはあっしから話させていただけませんか」

「いや、お波は当然拒むだろう」

「旦那はやっぱりお波姐さんを説き伏せようとしているんですかえ」

「違う。ふたりにとって一番いい方法をとるように説き伏せたいのだ」

「………」

「じつはお琴には吉原からも誘いがある」

「吉原からも」

「お琴の気持ちが第一だ」

「旦那。ともかく、あっしに任せていただけますか」

「うむ。いいだろう」

『大村家』の主人は難しい顔で煙を吐いた。

四

扇太郎と伝八は神田佐久間町にある薪炭問屋『俵屋』を訪ねた。

二十年前に奉公していた女中のことを知っているとしたら主人夫婦ぐらいだろう。

主人を呼び出した。四十歳ぐらいの細身の男だ。

「昔のことだが、二十年前にここで女中をしていたおかつのことできききたいんだが」

伝八が切り出す。

「二十年前ですって」

驚いたように、『俵屋』の主人はきき返した。

「その頃にいた女中でもいれば」

「古くからいた女中頭が去年辞めてしまって」

「その女中頭は今はどこにいるかわかるか」

「信州《しんしゅう》に帰ったんです。後添いの話があって」

「信州か」

伝八は舌打ちした。

「大旦那《おおだんな》は？」

扇太郎は口を出した。

「亡くなりました。おっかさんも」

「そうすると、二十年前のことを知っているのは……」

「ええ、私の他には番頭です。番頭は当時十三、四でしたか、女中のことはあまり覚えていないと思います」

「おかつは助三という錠前屋と所帯を持ったそうだ。そんな話を聞いたことはないか」

「錠前屋？」

主人の表情が動いた。

「そういえば、十数年前、土蔵の錠前を新しくしたことがあります。そのときの錠前屋がうちの女中と所帯を持ったと言ってました。そうだ、思いだしました」

主人が声を上げた。

「うちにいた女中が所帯を持った錠前屋だから頼んだんです」

「どこに住んでいたかわかりますか」

「確か、花房町《はなぶさちょう》の長屋に住んでいたはずです」

礼を言い、佐久間町から花房町に移動した。

花房町にある長屋の大家を訪ねた。大家はこの長屋に十年ちょっといるという。

伝八がきいた。

「十年前、ここに錠前屋の助三とかみさんのおかつが住んでいなかったか」

「ええ、住んでいました」

大家はあっさり答えた。

「覚えているか」

「ええ。親子三人で住んでいました」

「子どもは男の子？」

「いいえ、女の子です。でも、おかつさんは子どもを連れて出て行きました。助三が酒と博打《ばくち》が過ぎましたから」

「おかつが今、どこにいるか知らないか」

「確か、長屋のお時《とき》がいつぞやおかつとばったり会ったと言ってました」

「ほんとうか。お時に会いたい」

「はい。では、どうぞ」

大家は家から出てきて長屋の路地に入った。扇太郎と伝八はついていく。

とば口から二軒目の住いの前で大家は立ちどまって、腰高障子を叩《たた》いて声をかけた。

「お時さん、いるかね。開けるよ」

大家は戸を開けた。

お時は上がり框《がまち》まで出てきた。四十過ぎの女だ。

「大家さん、何か……」

背後にいる扇太郎と伝八に気づき、お時は顔色を変えた。

「いつぞや、助三のかみさんだったおかつさんに会ったと言っていたな。そのことできたいそうだ」

大家は言った。

扇太郎は一歩前に出て、

「いつ、どこで会ったのか教えてもらいたい」

と、声をかけた。

「はい。去年の秋、深川の閻魔《えんま》さまの近くです」

深川の法乗院《ほうじょういん》は閻魔像が安置され、深川ゑんま堂とも呼ばれている。

「閻魔橋のほうから歩いてきました」

「言葉を交わしたのか」

「はい」

「おかつが今どこに住んでいるかきいたか」

「海辺《うみべ》大工町《だいくまち》だそうです」

「どんな様子だった？」

「身形《みなり》からして、暮しに困窮しているように思いました。咳《せき》をしていて、顔色も悪く、体調はよくなさそうでした」

お時は表情を曇らせた。

「娘は？」

「いっしょに住んでいると言ってました」

「娘には会いに行かなかったんだな」

「はい。行っていません」

「娘は何をしているんだ？」

「料理屋で働いているそうです」

「料理屋か。娘はいくつになる？」

「十七、八かと」

扇太郎は眉根《まゆね》を寄せた。

母親が病気で生活に困窮しているとなると、娘に負担がのしかかる。

「助三はふたりのことは知らないのだろうな」

扇太郎は呟《つぶや》くように言う。

「知らせましたよ」

「どういうことだ？」

「おかつさんと会ったあと、助三さんに知らせに。いちおう、知らせてやったほうがいいと思って」

「助三の住いを知っているのか」

「いえ、錠前屋さんにきいたんです。そしたらしばらく経って、助三さんがやってきたんです」

「助三がここまでやってきたのか」

「はい。助三さんが顔を出したので驚きました」

「で、おかつのことを知らせたのだな」

「はい」

「助三はどんな様子だった？」

「深刻そうな顔をしていました」

「会いに行ったんだろうな」

「会いに行ったと思います。十年前もふたりが出て行ったあと、助三さんはさんざん捜していました。だから今回も、私がおかつさんに会ったと聞いて飛んできたのです」

お時は確信したように言う。

「おかげで参考になった」

扇太郎は礼を言い、長屋を出た。

「まさか、こうあっさり別れたかみさんの居場所がわかるとは」

伝八が昂《たかぶ》った声で言った。

「だいぶ見えてきたではないか。助三はおかつ母娘《ははこ》のために金が必要だったのだ」

「これから深川に行ってみますかえ」

「もちろんだ」

扇太郎も気が急《せ》きながら言った。

半刻《はんとき》（一時間）後に、深川の海辺大工町にやってきた。

伝八が自身番に寄り、おかつ母娘のことをきいた。店番の者が知っていて、住んでいる長屋を教えてくれた。

ふたりはその長屋に向かった。

「助三が妙見さまに願掛けをしたのは去年の十月末だ。そのときにはおかつ母娘とは会っていた。だから願掛けは別のことだ」

「おかつの病気の回復でしょうか」

「それもあるが。おかつ母娘は暮しに困っていたようだ」

「すると」

伝八が何か言おうとしたとき、長屋木戸の前に着いた。

ふたりは木戸をくぐり、ちょうど手前の住いから出てきた女に伝八が声をかけた。

「すまねえな、おかつの住いはどこだえ」

「おかつさん？」

女は不思議そうにきいた。

「そうだ、おかつだ」

伝八は繰り返す。

「おかつさんはもうここにはいませんよ」

「いない？」

扇太郎は耳を疑った。

「ええ、引っ越して行きました」

「なんだと？」

扇太郎は女の前に出て、

「いつのことだ？」

と、きいた。

「去年の暮れ近くです」

「そんな前に？　娘がいたな？」

「はい」

「ふたりいっしょに引っ越して行ったのか」

「そうです」

「引っ越し先はわからないか」

「いえ、聞いていません。ただ、おかつさんは養生に適したところに行くと言ってました。おかつさんは病気がちでしたから」

「おかつのところに助三という男は来ていなかったか。五十年配の男だ」

扇太郎はきいた。

「来ていました。最初は借金取りかと思いましたけど」

「おかつのところに借金取りが来ていたのか」

「ええ、返済期限が過ぎたとか怒鳴っていました」

「引っ越しは借金取りから逃げるためか」

伝八がきいた。

「いえ、違います。最後のほうは借金取りはこなくなっていましたから」

「なぜだ？」

「さあ」

女は首を傾げた。

「どこの誰から借金をしていたかわかるか」

『黄金屋《こがねや》』という店です。取り立て屋が『黄金屋』から来たと言ってましたから」

『黄金屋』はどこにあるか知っているか」

「いえ。知りません」

「わかった。すまなかった」

扇太郎は女に礼を言ってから、大家の家に寄った。

大家からも、女から聞いた以上の話はなかった。

ただ、大家は『黄金屋』のことを知っていた。

『黄金屋』は永代寺《えいたいじ》の近くにあります。主人は金蔵《きんぞう》という柔和な感じの男ですが、それは見かけだけです。強引な取り立ては評判です」

大家は顔をしかめて、

「あんなところから金を借りるなんて、よほど困っていたのでしょう。おかつさんの薬代がかかったのかもしれませんが」

「おかつが引っ越したころは取り立て屋はこなくなっていたようだが」

「そうです」

大家は表情を曇らせ、

「たぶん、借金を返済したのだと思います。おかつさんは何も言わずに長屋を出て行きましたが」

と、声を詰まらせるように言った。

「どうしたのだ？」

大家の様子がおかしいので、扇太郎は確かめた。

「いえ、ちょっと」

「借金の返済のことで何かあるのか」

「これは私の想像ですが」

大家は言いよどみながら、

「娘のお道《みち》が用立てたのではないかと」

「娘が？」

「身を売ったか、誰かの妾《めかけ》になったか」

大家は溜《た》め息混じりに言った。

「そういうことも考えられるのか」

「『黄金屋』の金蔵ならやりかねません。以前にも借金の形に娘を岡場所に売った証《あかし》がという話を聞いたことがあります。あっ、これは私が勝手に想像しただけで、あるわけではないので」

大家はあわてて付け足した。

「うむ、よくわかった」

扇太郎と伝八は大家と別れ、永代寺門前町《もんぜんちょう》に向かった。途中、深川のゑんま堂の前を通り、閻魔橋を渡った。おかつは閻魔橋を渡ってきたと、お時が言っていた。ひょっとして、おかつは『黄金屋』の帰りだったのかもしれない。

永代寺門前町は賑《にぎ》わっていた。

永代寺本堂の屋根が見える場所に『黄金屋』があった。板塀に囲われた家で、金貸しの店とは思えなかった。ただ、小さな門の柱に黄金屋と書かれた看板があった。

門を入った右手に枇杷《びわ》が木になっていた。間口は狭く、ひっそりとしていた。

伝八が暖簾《のれん》をかきわけ、戸を開けた。

正面の店座敷に帳場格子があって、机の前に四十半ばぐらいの男が座っていた。

「おまえさんが主人の金蔵か」

「はい。親分さん、何か」

相手が岡っ引きだろうが同心だろうが、金蔵はまったく動じない。

「海辺大工町のおかつという女に金を貸していたな」

「おかつですか」

金蔵は大福帳を開いた。

「ありました。もう返済済みですが」

「借金はいくらだ？」

「五十両です」

「五十両？　ほとんどが利子じゃないのか」

「そんなあくどいことはしちゃいませんよ。ちゃんと返してくれたんですから、先方も納得していたってことですよ」

金蔵はにやついて言う。

「金蔵」

扇太郎が前に出る。

「まさか、借金の形に娘を岡場所に売るような真似はしていまいな」

「とんでもない。そんなことはしませんよ」

「もし、その返済の金が娘を岡場所に売った金だとしたら容赦せぬ」

「旦那《だんな》。五十両は向こうが作ってもってきたんですぜ」

「ほんとうだな」

「嘘なんか言いませんよ」

「金は誰がもってきた？」

「四十半ばぐらいの男です。おかつの代わりできたと言って五十両を出し、証文をもって帰りました」

「名はきいたか」

「いえ」

「どんな感じの男だ」

「色の浅黒い、苦み走った小柄な男だ」

「小柄？」

助三は中肉中背だ。助三ではない。

「旦那、夜参りの相手の男」

伝八が言う。

「そうだ、その男に違いない」

扇太郎は伝八に答えてから金蔵に顔を向け、

「その小柄な男ははじめて見る顔か」

「ええ、はじめてです」

「どこに住んでいるかわからないな」

「ええ」

「わかった。邪魔をした」

扇太郎は引き上げようとした。

「旦那」

金蔵が呼び止めた。

「なんだ？」

「その小柄な男ですがね、たぶん植木職人だったんじゃないですか」

「植木職人？　どうしてそう思うのだ？」

「枇杷の木のことです」

「枇杷の木？」

「その小柄な男が客が庭に枇杷の木を植えている家には病人が出るという言い伝えがあるけど、どうだってきいてきたんです。うちは大丈夫だと言ったら、男は頷《うなず》いて、枇杷の木のある家を何軒か見てきたが、半分の家で病人が出たと言ってました。

迷信とも言い切れない。出来たら切ったほうがいいと」

「ほう」

「知り合いの植木職人はそんなこと言ってなかったと言ったら、気を遣って、言わないでいるだけだろう。植えるなら南天が縁起がいいと。庭木について詳しいのかってきいたら、まあ若い頃から庭木に接してきたからって言うんで、おまえさんは庭師なのかときいたら、曖昧《あいまい》に笑っていました」

「庭木に詳しいからと言って庭師とは限らんだろう」

「そうですが、日焼けした顔だったので、外での仕事だろうと思ったんですよ。まあ、あっしの思い込みだったかもしれませんね。忘れてください」

「いや、参考になった。邪魔をした」

扇太郎と伝八は『黄金屋』を出た。

「植木職人なら高い木にも上る。松の枝に縄をかけて塀を登ることが出来そうだ」

扇太郎は『闇猿』が塀を乗り越える姿を想像した。

「念のために、小柄な四十半ばで、冬吉という植木職人について、植木屋の親方に片っ端からきいてまわります」

伝八は勇んで言う。

扇太郎もいよいよ『闇猿』を追い詰めているという手応《てごた》えを感じていた。

五

翌朝、新吉は茂助の船で大川を下った。

「とっつぁん、この前は話を合わせてもらってすまなかった」

「お波姐《ねえ》さんがわざわざ挨拶《あいさつ》にきたんでびっくりした。新さんが遅くまで厄介になってと言うんで、ぴんときた」

「助かった。まさか八巻の屋敷に乗り込んでいたなんて言えないからな」

「それにしても、あんな夜更けに『大村家』の旦那が使いを寄越《よこ》すとはな」

櫓《ろ》を漕《こ》ぎながら、茂助は言う。

霊岸島に近づくころには陽も昇りはじめていた。

桟橋に着き、新吉は陸《おか》に上がる。

「じゃあ、すぐに戻るから」

新吉は霊岸島町の『高雅堂』に向かって駆けた。

利三郎と部屋で向き合い、新吉は真顔で口にした。

「またお願いがあるんですが」

「なんだね」

「もう一度、八巻の屋敷に忍び込みたいんです」

「…………」

利三郎は表情を曇らせた。

「前回、気になった侍がいたんです。どうしても確かめたくて」

「気になっていた侍？」

「ええ。増崎重四郎と名乗った年配の侍です。先夜、西側の長屋のほうから現われました。この侍を問いつめれば何かわかるかもしれません」

「危険じゃないか」

「もとより、危険は承知」

新吉は言い切る。

「しかし、前回のようにはいかない。警戒は厳重なはずだ。忍び込む場所があるかどうか」

「どこかに侵入口があるかどうか、調べてもらえませんか」

「うむ」

利三郎は腕組みをしていたが、

「わかった。八巻の屋敷の周囲を歩き、忍び込める場所があるかどうか調べてみよう」

「今度は宵の口に忍び込もうと考えています」

「宵の口？」

「相手の油断をつこうかと。まさか、宵の口に忍び込んでくるとは思っていないと思いましてね」

「それでも危険に変わりはない」

「ええ」

「で、いつだ？」

「明後日《あさって》を考えています」

「明後日か」

「柳橋のお国姐さんから小紫とのことをお聞きでしょうが、じつは明後日は小紫とはじめて出会った日なのです。明後日の昼間、西方寺にお参りをしてから八巻の屋敷に行こうと思います。きっと小紫が守ってくれると信じています」

「おまえさんの中にはまだ小紫が？」

「思いを引きずっているわけではありません。ただ、小紫のことは忘れないでいてやろうと思っているだけです。だから、祥月命日には西方寺で手を合わせ、月命日には対岸の向島から西方寺に向かって手を合わせています」

新吉は思いを吐露するように言った。

「わかった。ともかく、今日中に、侵入口を探しておこう」

「ありがとうございます」

新吉は礼を言い、あわただしく船に戻った。


向島に戻った。春の柔らかい陽差しに、向島も人出が増えてきた。

新吉は自分の家で着替え、『桔梗家』に出向いた。

二階から三味線の音が聞こえる。本手がお葉で、替手を弾いているのはお琴だ。

新吉は糸の音でどっちが弾いているのかわかるようになっていた。

居間に行き、お波に挨拶をする。

「新さん。『大村家』の旦那《だんな》の話ってなんだったの？」

お波が煙管《キセル》を口から離してきいた。

「じつは、『大村家』の旦那にお願いをしていた件で」

新吉はまだほんとうのことを言えなかった。よけいな心配をかけたくなかったのだ。

「お願いの件？」

「ええ、向島にあやめを二輪というお願いです」

それだけで、お波はなんのことか察した。

「無理よ」

「ええ。そう言われました」

新吉は無念そうに言い、

「このままではいずれ……」

「新さん」

お波は制した。

「お琴が一本になるまであと二、三年あるわ。今はそのことを考えなくていいのよ」

二年なんてすぐですぜという言葉を喉元《のどもと》に呑《の》み込んだ。

「そうですね」

そのとき、三味線の音が止んだ。お波と新吉も口を閉じた。

ほどなく、二階からお葉が下りてきた。

「新さん、そろそろお願いね」

「へい」

新吉は立ち上がって隣の部屋に行った。

新吉の手で座敷着に着替えたお葉は扇子を帯に差し、お波のところに行く。

「姐さん、行ってきます」

「ご苦労だね」

そう言い、お波も立ち上がった。

縁起棚から火打ち石をとり、土間に立ったお葉の背中から切り火をした。

お葉は左手で褄《つま》をつまみ、『桔梗家』を出た。

三味線の箱を抱えて、新吉はついて行く。

「姐さん、今日のお客さんははじめてだそうですね」

尾張町の大店《おおだな》の主人ということだ。

「ええ、お連れがふたり」

「そうですか。新しいお客さんが増えるのは結構なことですが、これ以上忙しくなるのは困りものです。お葉姐さんの体が心配です」

「ありがとう」

お葉は微笑み、

「梅の香りが」

と、立ちどまった。

どこぞの寮の庭に梅の花が咲いていた。

「梅の花を愛《め》でながらゆっくりしたいわ」

お葉が呟《つぶや》くように言う。

「少し、お休みをとったらいかがでしょうか」

新吉は勧めた。

「そうもいかないでしょう」

お葉は溜《た》め息混じりに言う。

「いえ、思い切ってそうなさったら」

「そうね。新さんといっしょにどこかへ……」

「どこへでもお供します」

夢中で話していて、出先の『平岩《ひらいわ》』に着いた。

三味線を女中頭に預け、新吉はいったん『桔梗家』に戻った。

土間に入ると、お波が着替えていた。

「お波姐《ねえ》さん、お出かけですか」

「ええ。『武蔵屋』さんに『長崎屋』の旦那がきているらしいの」

「『長崎屋』の旦那？」

「昔のご贔屓《ひいき》さんよ。私に会いたいからと。ちょっと挨拶《あいさつ》に行ってくるわ」

「そうですか」

お波は急いで出て行った。

「お波姐さん、うれしそうに出て行きましたね」

新吉はお琴に言った。

「ええ。『武蔵屋』さんからの使いのひとから『長崎屋』の旦那と聞いたら、もうそわそわしちゃって」

お琴は笑った。

「『長崎屋』さんはどこに？」

「尾張町ですって。唐物問屋らしいわ」

「お波姐さんは数寄屋町《すきやまち》の売れっ子芸者だったな」

お波は若いころを蘇《よみがえ》らせているのだろうと、新吉は思った。

「新さん、お茶いれるわね」

お琴がうれしそうに言う。

「ちょうどいい。お琴さんにききたいことがあるんだ」

新吉は思い切って切り出した。

「なにかしら」

お琴はぞくっとするような色っぽい流し目をくれた。

「最近、余所《よそ》の土地のひとがよく会いにきているようだね」

新吉が言うと、お琴の顔色が変わった。

「じつは、この前、『大村家』の旦那があっしを呼びに来たのは、お琴さんのことだった」

「…………」

お琴は俯《うつむ》いた。

「深川門前仲町の『平野』の旦那がお琴さんのことでやってきたそうだ。引き抜きだ」

新吉は鋭く言う。

「『平野』の旦那はこう言ったそうです。お葉とお琴は並び立たない。このままではいずれ、ふたりは対立するようになる。ふたりを潰《つぶ》さないためにもお互いを引き離すべきだと。『大村家』の旦那もその懸念をもっていたようだ」

「…………」

お琴は首を横に振った。

「じつはあっしも一度、お琴さんが秋葉神社で見知らぬ男と会っているのを見かけたことがあった。ひょっとして、深川の……」

「新さん。私はどこにも行かないわ」

いきなり、お琴は顔を上げて言った。

「ほんとうですかえ」

「ほんとうよ」

「それを聞いて安心しました」

新吉は言ってから、

「でも、『平野』の旦那《だんな》が仰《おつしや》ることもよくわかるんです。向島に名花はひとりしか置かないという妙な決まりがある。いずれ、お琴さんが一本になったとき」

「新さん。私は向島を離れないわ。新さんといっしょなら行くかもしれないけど」

「…………」

新吉は言葉を失った。

そのとき、戸が開く音がした。

「ただいま」

お波が帰ってきたのだ。

お琴はすぐに飛んでいった。

「姐さん、お帰りなさい。早かったですね」

「今度、改めて呼んでくださるって。きょうはお侍さんの連れがいたので、ゆっくり話が出来ないからと」

お波が居間にやって来た。

「お帰りなさい」

新吉は声をかけた。

「『長崎屋』の旦那とはずいぶんと親しかったんですかえ」

「ええ。私の身請けをめぐって田原町の旦那と競ったお方よ」

お波は浅草田原町にある商家の旦那に落籍《ひか》されたのだが、その旦那はすでに亡くなっている。

「『長崎屋』の旦那は田原町の旦那が亡くなったことを知って、姐さんに声をかけたんですかえ」

「そうよ」

お波はうれしそうに言う。

「『長崎屋』さんは尾張町だそうですね。尾張町からわざわざ姐さんのいる数寄屋町に遊びにきていたんですね。よほど、姐さんのことが気に入ってらっしゃったんですねえ」

「ほんとうは、私は『長崎屋』の旦那のほうが好きだったの。だけど、田原町の旦那のほうが店は大きいし、月々の手当てもいいから」

「それで、身請けの相手を決めたんですかえ」

「そう」

お波はいたずらっぽく笑った。

「でもね」

お波は真顔になった。

「『長崎屋』さんは今じゃ大きくなったの。こうなることを知っていたら、『長崎屋』の旦那に身請けされたわ」

お波は自嘲《じちょう》する。

「姐さん、田原町の旦那の世話を受けたから、今の『桔梗家』があるんじゃありませんか。お葉姐さんやお琴さんとの出会いもあったんですぜ」

新吉は諭すように言う。

「そうね。確かにそうだね」

お波は煙管《キセル》を取り出す。

「でも、『長崎屋』さんはどうしてそんなに大きくなったんですかえ」

新吉はきいた。

「さあ、どうしてかしら。いっしょにいたお侍さんはどこぞの大名の家来みたいだから、大名御用達になって繁盛したんじゃないかしら」

「大名のお家来といっしょでしたか」

新吉は呟《つぶや》いてから、

「おっと、そろそろお葉姐《ねえ》さんの迎えに」

と、立ち上がった。

『桔梗家』を出て『平岩』に向かいながら、なぜ今になって『長崎屋』の旦那がお波の前に現われたのか。新吉はそのことを考えていた。

第四章　罠

一

翌日の昼前、扇太郎と伝八は麴町にある『植勝《うえかつ》』という植木屋の前にやってきた。

「ここです」

伝八の手下が言い、門を入った。庭には草花が栽培されている。

植木屋に冬吉という職人のことをきき込んでいて、『植勝』で手応《てごた》えがあったのだ。

母屋の戸を開けて、手下が奥に呼びかける。すぐに五十年配の男が現われた。

「勝蔵親方です」

手下は引き合わせたあと、勝蔵に向かって言う。

「冬吉のことを話してくれ」

「へえ」

勝蔵は扇太郎と伝八を交互に見て、

「確かに、冬吉は四十半ばで小柄な男です」

と、切り出した。

「冬吉は五年前までここで働いてました。今は、築地本願寺の近くに住んでいると聞いています。詳しい場所はわかりません。やめてから会ってませんから」

「なぜ、やめたんだね」

伝八がきく。

「庭仕事を頼まれて行った先がお妾《めかけ》さんの家で、いつしかその妾といい仲になっちまったんです。それが、妾の旦那に知られ、一悶着《ひともんちゃく》があって」

「それで、この土地にいられなくなったのか」

「そうです」

「しかし、五年前だとしたら、冬吉は四十歳ぐらいではないか。妾は幾つなんだ？」

扇太郎が不思議そうにきいた。

「妾は当時で三十前だったと思います。冬吉は苦み走ったいい男で、若い頃から女にはよくもてました」

「冬吉の知り合いに助三という錠前屋の男がいるかどうかわからないか」

「そんな名は聞いたことはありません」

「冬吉は手慰みをするのか」

「いえ、やりません。あいつはもっぱら女です。方々の女に手をつけていたようです」

「冬吉と親しかった男を知っているか」

「同じ植木職人の中には親しくしている者がいたかもしれませんが、あっしはわかりません」

「さっきの妾だが、住いはどこか知っているか」

「へえ。四谷塩町《よつやしおちよう》一丁目で、お蔦《つた》って女です。黒板塀に囲われた小粋《こいき》な家ですからすぐわかるはずです」

「すまなかった」

礼を言い、扇太郎と伝八、そして手下の三人は『植勝』を出て、四谷塩町一丁目に向かった。

間近に城を見ながら塩町一丁目に入り、お蔦の家を探した。

手下が先に走り回って戻ってきた。

「ありました。こっちです」

手下のあとについて、荒物屋の角を曲がる。

やがて、黒板塀に囲われた小粋な家が目に飛びこんできた。そこに近づく。

「なるほど、いかにも妾宅《しょうたく》という感じだ」

伝八が呟き、門を開け、戸口に向かった。

伝八が格子戸を開け、

「誰かいるか」

と、声をかけた。

若い女が出てきた。十四、五歳だ。女中のようだ。

「お蔦はいるか」

「はい」

同心と岡っ引きに目を丸くして、女は奥に引っ込んだ。

すぐに、三十半ばぐらいの色っぽい女が現われた。妾だというから、やはり芸者上がりだろう。

「お蔦ですが」

上がり框《がまち》の近くで腰を落として言う。

「南町の梶井さまだ。俺は手札をもらっている伝八だ」

伝八は名乗ってから、

「ちょっとききたいんだが、おまえさん、植木職人の冬吉を知っているかえ」

と、きいた。

「ええ」

「どういう間柄だ？」

「以前に庭の植木の剪定《せんてい》をしてもらった植木職人ですよ」

お蔦は警戒ぎみに答える。

「最近、会ったか」

「いえ」

お蔦は首を横に振った。

「親しかったと聞いたが？」

扇太郎が口をはさむ。

「昔のことです」

「昔というと？」

「五年前ですよ」

「その頃、一悶着あったそうだな」

「ええ、まあ」

お蔦は苦い顔をした。

「五年前に別れたきりということか」

「そうです」

「去年の師走《しわす》、冬吉はここにこなかったか」

「どうして、そんなことを？」

「冬吉がこの付近で一晩を明かしているらしいのだ。それがどこか知りたくてな」

「うちじゃありませんよ」

お蔦は吐き捨てるように言う。

「そうか」

どうも嘘をついているようには思えない。

「冬吉がどこに泊まったか、見当はつかないか」

「もしかしたら」

お蔦は首を傾げ、

「二丁目にある『おまさ』という呑《の》み屋かもしれませんよ」

と、言った。

「『おまさ』？」

「冬吉さんは『おまさ』の女将《おかみ》さんとも出来ていたっていう噂ですから」

「冬吉はほうぼうに女がいたのか」

「ええ、女たらしでしたからね」

お蔦は口元を歪《ゆが》めた。

「四十を過ぎても女にもてたのか」

伝八がうらやましそうに言う。

「ええ。木の枝に乗って剪定をしている姿はさまになってましたからね、そんな男から甘い言葉をかけられれば女は……」

お蔦は溜《た》め息をついた。

「『おまさ』の店は繁盛しているのか」

「ええ。古くて小さな店だそうですが、かなり賑《にぎ》わっているようです」

「二丁目のどの辺りだ？」

「横町を入ったところだとか」

「そうか。わかった、そうだ、冬吉から助三という男のことを聞いたことはないか」

「いえ、ありません」

お蔦は首を横に振った。

「すまなかった」

扇太郎たちはお蔦のところをあとにした。

扇太郎たちは塩町二丁目にやってきた。

だが、見当をつけていたところに『おまさ』の店はなかった。隣の惣菜《そうざい》屋できくと、表通りに移転したという。

表通りを探してもなかなか見つからなかった。が、伝八が小ぎれいな呑み屋を見て、

「ひょっとして、この店じゃありませんか」

と、言った。

「あっ、親分。そうです。ここに小さく出ていました」

手下が看板を指差した。

「ほんとうだな」

伝八が看板を見て言う。戸口にかかっている看板に『酒豪《しゅごう》』という屋号の脇に、『おまさ』と小さく書かれていた。

「名を変えたようだ」

扇太郎も小ぎれいな呑み屋を見つめた。

まだ暖簾《のれん》は出ていない。伝八が戸を開けた。小あがりと片側に縁台が並び、見えるところに階段があるのは二階も客用に使っているのだ。

奥から女将ふうの女が出てきた。

「これは八丁堀《はっちょうぼり》の旦那《だんな》に親分さん」

「女将のおまさか」

伝八がきいた。

「そうです」

「ここは以前と場所が違うようだな」

「はい。正月からここで新しくお店をはじめました」

「古い店は？」

「もう閉じました」

「そうか。ところで、ちょっとききたいんだが？」

「なんでしょう」

「元植木職人の冬吉を知っているな」

「………」

おまさの表情が微《かす》かに曇った。

「どうなんだ？」

「いえ、最近は会ってません」

おまさは目を背けた。

「知っているかどうかをきいたんだ？」

「知っています」

おまさはあわてて答える。

「最近は会っていないと言ったが、最後に会ったのはいつだ？」

扇太郎はおまさの顔を見つめてきいた。

「二年ぐらい前です」

やはり、目が泳いでいる。

「よく思いだすんだ。去年の師走にここに来ただろう」

扇太郎は決めつけて言う。

「いえ」

「変に隠し立てすると、あとで困ったことになるぜ」

伝八が脅した。

「この店は新しいな。いつ改装したんだ？」

扇太郎は話題を変えた。

「去年の暮れに……」

「冬吉が来たあとだな」

「……………」

おまさの顔が強張《こわば》った。

「どうした？」

「いえ」

「何か隠していることがあれば正直に言うんだ」

扇太郎は迫った。

「去年の師走、冬吉が助三という男といっしょにそなたのところに泊まったであろう」

「……………」

おまさが息を呑んだのがわかった。

「はっきり言うんだ」

伝八が語気を強めて言う。

「違います。冬吉さんは来ていません」

おまさはむきになった。

「そうか。そなたがはっきり言うんじゃ、来ていないのだろう。ところで、この店はたいした造りではないか。かなり、かかっただろう」

「そこそこ、貯《たくわ》えがあり、何人か応援してくれるお方もいましたので」

「冬吉ではないのか」

「違います」

おまさはこのときだけ目を向けてはっきり言った。

「まあいい」

これ以上言い合っても埒《らち》が明かない。

「あいわかった。邪魔した」

扇太郎は踵《きびす》を返しかけたが、

「そうそう、前の家では住込みのお手伝いなどはおかなかったのか」

「住込みの婆さんがいましたが、引っ越しのときにやめていきました」

「やめたのか。どこに住んでいるかわからないか」

「わかりません。娘の嫁ぎ先に引き取られるようなことを言ってましたけど、そこがどこか聞いたことはないです」

「そうか。わかった」

伝八と目配《めくば》せして、おまさと別れた。

外に出て、伝八が言った。

「旦那。間違いありませんぜ。冬吉は『美濃屋』に『闇猿』が現われた夜はおまさのところに泊まったんだ」

「うむ。おそらく、新しい店の元手は助三が出したことになっているんだ。だから、冬吉ではないと目を逸《そ》らさずに言ったのだろう。だが、証《あかし》がない。住込みの婆さんの行方がわかるといいが、難しそうだ」

扇太郎はそう言ったが、落胆はしていなかった。

「これで芝と麴町の隠れ家がわかった。このふたつでは偶然だと言い逃れされそうだ。あとひとつの隠れ家がわかれば、助三を追い詰められる」

「そうですね。池之端仲町と田原町のどこかに冬吉といい仲になった女が住んでいるに違いありません」

「それと助三と冬吉の関係だ。妙見さんのお参りで知り合ったと、助三は言っていたが」

扇太郎は思案顔で、

「冬吉の行方を捜したいが、『植勝』の職人仲間も知らないだろうな。それより、田原町周辺で、助三と親しい者がいないかを探すんだ」

扇太郎は伝八の手下に言った。

「わかりやした」

「他の連中にも手伝わせろ」

伝八が言った。伝八にはあと三人手下がいる。

「錠前屋の兼助が何か知っているかもしれない」

扇太郎が言う。

「わかりました。兼助に当たってみます」

手下は答えた。

「旦那、これからどうします?」

伝八がきいた。

「助三を揺さぶってみるか」

扇太郎は助三に自分が追い詰められていることを悟らせ、動揺させようと思った。

一刻《いっとき》（二時間）後、扇太郎と伝八は本所入江町の日陰長屋の木戸をくぐった。

助三の住いの前に立ち、

「ごめんよ」

と、伝八が声をかけて戸を開けた。

助三は部屋にいなかった。

「出かけているようですね」

伝八は舌打ちした。

「出直すか」

扇太郎が言ったとき、背後にひとの気配がした。

「いや、旦那《だんな》に親分さん」

助三の声がした。

「帰ってきたか」

「厠《かわや》に行っていたんです。昨夜《ゆうべ》から下痢ぎみで」

助三は腹を押さえながら言い、ふたりの脇を通って部屋に上がった。

「今日はまた何か」

「ちょっとそなたにききたいことがあってな」

「そうでしょうね。だから、来たってことはわかります」

助三は真顔で言う。

「違いない。そなたの言うとおりだ」

扇太郎は苦笑し、

「露月町の作兵衛の家に泊まったときにいっしょだった冬吉のことだ」

「冬吉のことはよく知りません」

「妙見さんに願掛けのときに知り合ったということだったな」

「そうです。そんとき、冬吉さんが夜参りの話をしたんでさ」

「妙見さんに何の願掛けをしたんだ？」

「ひとさまに話すようなことじゃありませんよ」

助三は突き放すように言う。

「別れたかみさんと娘のことじゃないのか」

「もう昔のことです」

「しかし、最近、会ったのではないか」

「………」

「だいぶ借金があって暮しにも困っていたそうだが」

助三の顔色が変わった。

「妙見さまの願掛けはそのことではないのか。借金の返済のことで神頼み」

「旦那。別れた女と娘はもう他人です。他人のために借金の心配なんてしませんよ」

「そうか。で、冬吉は何の願掛けを？」

「ひとのことまで詮索《せんさく》しませんせん」

「そうか」

扇太郎は助三の顔をじっと見つめ、

「塩町二丁目にある『おまさ』という呑《の》み屋を知っているな」

と、口にした。

「……知りません」

間を置いて、助三は答えた。

「知らない？　おかしいな。そこの女将《おかみ》は冬吉と親しくしていた」

「…………」

「『おまさ』の店は近くに引っ越した。小ぎれいな呑み屋だ。かなり入り用だったろう。その金をそなたが支払ったのではないか」

「とんでもない。あっしは『おまさ』なんて呑み屋を知りませんし、金を出してやる義理なんてありません。それより、あっしには金がありません」

「金はなんとでもなろう」

「…………」

「そなたは別れた女と娘はもう他人だと言っていたが、そのふたりの借金を冬吉らしき男が返している。妙だな。冬吉の女のほうにはそなたが金を用意し、そなたの別れたかみさんのほうには冬吉が……」

「旦那。何かの間違いじゃありませんかえ」

助三の声は掠《かす》れていた。

「まあ、いい。また来る」

扇太郎は引き上げた。

戸口で振り返ると、助三は肩を落とし、呆然《ぼうぜん》としていた。十分な手応《てごた》えを感じ、扇太郎は満足して引き上げた。

二

夕方、新吉が着替えて『桔梗家』に行こうとしたとき、戸を叩《たた》く音がした。

「ごめんくださいまし」

「どうぞ」

新吉は返事をする。

「失礼します」

戸が開いて、若い男が顔を出した。

「おまえさんは利三郎さんとこの？」

霊岸島町にある利三郎の店『高雅堂』の奉公人だった。

「はい。旦那からの言伝《ことづて》を」

土間に入ってきて、若い男は言う。

「明日の暮六つ（午後六時）に太田姫稲荷《いなり》神社の境内で、とのことでした」

「わかりましたとお伝えください」

「では」

若い男は引き上げて行った。

新吉は部屋の真ん中で目を閉じて腕組みをした。もし、自分の考えが正しければ、八巻の屋敷では前回にも増して厳重な態勢で待ち構えているに違いない。

応援の人数も頼んでいるかもしれない。刺股《さすまた》などの武器も多用してくるはずだ。ひとりで乗りこむことは極めて危険だ。

新吉は腕組みを解いて、目を開けた。

それから、『桔梗家』に出向いた。

「お波姐《ねえ》さん、お願いがあります」

新吉は長火鉢の前にいるお波に声をかけた。

「明日《あした》の夕方のお勤めを休ませていただけませんか」

「明日の夕方？　何かあるのかえ」

お波が驚いてきく。

「へえ、ちょっと野暮用がありまして」

もちろんほんとうのことは言えない。が、そうなると、美代次のことかと邪推されそうだった。

「八丁堀の梶井さまの用事で、ちょっと」

「梶井さまの？」

お波は疑うように新吉の顔を見た。

新吉はお波の視線を受け止めた。

先にお波が視線を外した。

「わかったわ。お琴に代わりを頼むからだいじょうぶよ」

「姐さん、すみません」

「でも、危険なことはないんでしょうね」

「ええ、心配いりません」

新吉は安心させるように言う。

襖《ふすま》が開いて、お葉が入っていた。

「新さん。明日、用事が？」

「すみません」

「いいのよ」

「早く終われば、姐さんの迎えに行けるかもしれません」

新吉はお葉をなぐさめるように言った。

「ありがとう。でも、無理をしないで」

「へえ」

お琴も居間にやってきた。

「お琴さん。すまねえが頼んだ」

新吉はお琴にも頭を下げた。

翌日の七つ（午後四時）過ぎ、新吉は茂助の船で大川を下った。

「とっつぁん、いつもすまない」

「水臭いこと言いなさんな」

「すまない」

大川から神田川に入り、太田姫稲荷神社に近い桟橋で船を下りた。

茂助といっしょに、新吉は駿河台に向かった。

坂を上がり、八巻の屋敷に近づいた。

塀をまわり、前回忍び込んだ場所に着いた。辺りに人気《ひとけ》はない。陽が落ちはじめ、辺りは薄暗くなっていた。

新吉は塀をじっと見つめた。利三郎のように勢いをつけて塀の上に乗ることは無理だ。

「これを越えようって言うのか」

「そうだ。じゃあ、頼む」

「わかった」

新吉は壁に両手をついて前かがみになった。その背中に、茂助が足をかけた。何度か乗り損ねて、塀に手をついてようやく背中に立った。そして、新吉の肩に足を乗せた。

「いいぜ」

茂助が言う。

新吉は体を徐々に起こす。

やがて、茂助は新吉の肩に足を乗せて立った。茂助の目の高さに塀の上があった。

「そこから樹が見えるだろう」

「見える」

茂助は鉤《かぎ》のついた縄を投げた。何度もやり直し、ようやく枝に鉤が引っ掛かった。

「よし」

新吉は茂助を下ろした。

「とっつぁん、助かった」

「気をつけてな」

茂助の声を背中に聞いて、新吉は縄を使って塀を攀《よ》じ登った。

新吉は無事に塀を乗り越えた。

それから、塀際の植込みの中を通って、長屋のほうに向かった。

長屋の陰に隠れ、庭を見る。袴《はかま》の股立《ももだち》をとり、たすき掛けの侍たちが何人もいた。傍らで、刺股や突棒《つくぼう》などの捕縛の武器を振り回している中間《ちゅうげん》たちがいる。

「暮六つ（午後六時）にはもう少し間がある。今からそんなに張り切るな」

ひとりの武士が注意をした。

新吉は例の武士を捜し、西の長屋まで移動した。

がっしりした体つきの年配の侍が長屋から出てきた。

増崎重四郎だ。

増崎は侍たちの様子を見て回った。新吉は素早く増崎が出てきた長屋の土間に入り込んだ。

戸の陰に身を隠した。じっと待っていると、ひとが近づく気配がした。増崎が戻ってきた。

戸が開き、増崎が土間に足を踏み入れた。瞬間、何かを察したように、増崎が動きを止めた。すかさず、新吉は飛び出した。

増崎の脇腹に人差し指をあてがう。

「騒げばひと突きだ」

増崎は匕首《あいくち》を当てられたと思い込んでいる。

「新吉か。どうして今時分……」

「俺が暮六つに忍び込んでくるとわかっていたんだな。誰から聞いた？」

「…………」

「まあいい。それより、茂太と名乗った侍のことだ。この屋敷にいるはずだ」

「おらぬ」

「言わぬと突き刺す。こんな形で負傷したら配下の者に合わせる顔があるまい」

新吉はもう一方の手で、増崎の脇差を抜きとった。改めて、その脇差を脇腹に突き付けた。

「きさま、騙《だま》したのか」

「さあ、茂太のことを」

脇差を突き付ける。

「八巻さまが南町の奉行になった暁には、茂太も内与力として奉行所に乗りこんでくるのだな」

「…………」

「どうなんだ」

新吉は迫った。

「言わぬなら、そなたの髷《まげ》を切り落として、俺は逃げるまで。もう、八巻家でのそなたの威厳は失墜しよう。どうだ？」

「……………」

「言わぬか。もういい」

新吉は大刀も抜きとった。

「待て」

増崎が声を上げた。

「言うか」

「奥野茂一郎《おくのもいちろう》だ」

「奥野茂一郎が茂太と名乗り、一連の事件を引き起こしていたのか？」

「そうだ」

「信じよう。で、奥野茂一郎は今この屋敷にいるのか」

「いる」

「この前、俺が忍んだときもいたのか」

「いた。奥から成り行きを見ていた」

「そうか。挨拶《あいさつ》していきたいところだが、今出ていけば、そなたから聞いたと勘づかれてしまうな。俺はこのまま屋敷を出る。見逃せば、そなたとのことは黙っている。騒げば、奥野茂一郎を出せと騒ぐ」

「わかった」

増崎は無念そうに言った。

「そうそうもうひとつ。ふた月以上前、当屋敷に盗人《ぬすっと》が入らなかったか」

「…………」

「どうした？」

「入った」

「捕まえたな？」

「ああ」

「捕まえたのは誰だ？」

「奥野だ」

「そこまで聞けば十分だ」

刀を少し離れたところに置き、新吉は土間を出た。

まだ侍たちは油断をしているので、異変に気づくことはなかった。

侵入した場所まで戻り、新吉は縄を回収して塀の外に出た。

太田姫稲荷《いなり》神社の鳥居をくぐったとき、ちょうど暮六つ（午後六時）の鐘が鳴りだした。

本殿のほうに向かうと、利三郎が姿を現した。

「お待ちしていました」

利三郎は何食わぬ顔で近づいてきて、

「じゃあ、行くか」

と声をかけ、鳥居に向かって歩きだした。

「利三郎さん」

新吉は呼び止めた。

「なんですね」

利三郎は振り返った。

「じつは今、様子を見てきたんです」

「…………」

利三郎は怪訝《けげん》そうな顔をした。

「八巻の屋敷に忍んできました。そしたら、家来たちが闘いの支度をして待ち構えていました。先日もそうでしたが、あっしが侵入することがわかっているようです」

「まさか」

「侍のひとりが刺股《さすまた》や突棒を振り回している中間たちに、暮六つ（午後六時）にはもう少し間がある。今からそんなに張り切るなと注意していました」

「…………」

利三郎の表情が強張《こわば》った。

「あっしが暮六つに忍び込んでくることを知っていたんですよ。妙だと思いませんか。ひとの動きを察する術《すべ》があるなら、実際には暮六つ前に忍び込むことを読み取っていたはずです」

新吉は利三郎を問いつめるように迫った。

「前回も不思議でした。侍たちが待ち構えていましたからね」

「私がつるんでいると？」

「前回で不審を抱いたので、今回はためしたのです」

「ためした？」

利三郎を目を剝《む》き、

「西方寺に小紫の墓参りというのは？」

「その間に屋敷に忍び込むために、利三郎さんの気持ちを西方寺に引きつけておこうとしたんです」

「………」

「あっしを八巻さまの屋敷に誘《おび》き出す役目を担って向島にやってきたんですね。武家屋敷専門の盗人だと知れば、あっしが八巻さまの屋敷に忍び込む手助けを乞《こ》うだろうという計算のもとに」

利三郎は俯《うつむ》いた。

「でも、ひとり働きの盗人の利三郎さんが最初から八巻さまの一味だとは思っていません。利三郎さんはふた月ほど前、八巻さまの屋敷に忍び込んで失敗をしたのでは？」

利三郎ははっとしたように顔を上げた。

「利三郎さんはもう何年も武家屋敷専門に忍び込み、決して失敗したことはなかったそうですね。それが八巻さまの屋敷で失敗した。違いますか」

「そうだ。奥御殿に忍び込んで逃げようとしたとき、飛んできた小柄《こづか》が太股《ふともも》に刺さった。それで追ってきた家来に捕まった」

利三郎は苦しそうに言う。

「小柄を投げたのは三十歳ぐらいの侍ではなかったですか。きりりとした顔だちです」

「そうだ」

「あっしが捜していた茂太です。その侍から私に近づくように頼まれたのですね」

「そうだ。言うことを聞けば奉行所には突きださないと。俺は何年にも亘《わた》って盗みを繰り返してきた。奉行所に突きだされたら死罪だ。言うことをきくしかなかったんだ」

「あなたに命じた侍の名は聞きましたか」

「他の侍が奥野と呼んでいた」

「奥野茂一郎です」

「俺をどうするつもりだ？　奉行所に突きだすか」

利三郎は気弱そうな目で言い、

「いつかこういう日が来ることは覚悟をしていた。だから、好きな女子《おなご》が出来ても所帯は持たなかったんだ。だが、いざ捕まって、死罪が怖くなった。自分でも情けないと思っている」

利三郎は自嘲《じちょう》した。

「利三郎さん。お願いがあります。奥野茂一郎に私が差しで会いたいと伝えてもらえませんか」

「まさか決闘を？」

「そうなるでしょう。なにしろ、奥野茂一郎は私が邪魔なのです」

「どうしてだ？」

「奥野茂一郎は八巻さまを南町奉行にするために障碍《しょうがい》となるものをことごとく抹殺してきたのです。その奥野の悪行を知っているのはあっしだけなんです」

「わからねえ」

利三郎が首をひねる。

「何がですかえ」

「奥野が抹殺してきた証《あかし》があれば、それでもって訴えればいいではないか」

「証はないんです。あっしだけが知っているんです」

「奥野は新吉さんを無視してもよかったんじゃないのか。新吉さんに追及されてもしらを切りとおせばいいんじゃないのか」

「…………」

利三郎の言葉に、新吉ははっとした。確かに、このまま何もしなければ二月末には八巻は晴れて南町奉行に就任することになる。いっしょに連れてくる内与力の中に奥野茂一郎がいたとしても、新吉に何が出来るだろうか。

同心の梶井扇太郎が新吉の味方についたとしても、証がなければ奥野茂一郎を追及することも出来ない。それなのに、なぜ奥野は新吉を亡き者にしようとしてきた。

奥野茂一郎は新吉の何を恐れているのか。自分が気づいていない何かがある。新吉はそう思わざるを得なかった。

三

翌日の朝、扇太郎と伝八は駒形町《こまがたちょう》にある薪炭問屋を訪ねた。

店の土間で、四十歳前後の主人と会った。

「錠前屋の助三を知っているな」

扇太郎は切り出した。

「はい。土蔵の鍵《かぎ》が見当たらなかったとき、助三さんに開けてもらったことがあります。それから錠前のことは助三さんにお願いしています」

「助三はここに泊まったことはないか」

「ございます」

「いつだ？」

「先月です」

「何日かわかるか」

「そうですね」

主人は首をひねった。

「まあいい。助三はひとりだったのか」

「いえ、お仲間と」

「名前をきいたか」

「冬吉さんだったと思います」

「夜中にふたりは外出しなかったか」

「しました。夜参りに」

そう言ったあと、主人はあっと声を上げた。

「泊まった日にちははっきり覚えていませんが、田原町の『佐倉屋』さんに盗人《ぬすっと》が入ったと騒ぎになっていました」

主人は言ったあとで、

「何か、助三さんに疑いが？」

と、不安そうにきいた。

「いや、そういうわけではない」

「そうですか」

主人は不安げな顔のまま言った。

外に出てから、扇太郎は勇躍して言う。

「これで十分だ。助三をしょっぴく」

「へい」

伝八も声を弾ませた。


扇太郎は助三を近くの自身番に連れて言った。

奥の板敷きの三畳で、取り調べをした。

「駒形町にある薪炭問屋にも、冬吉といっしょに泊まっているな。夜参りと称して、深夜に外出している」

「へえ。浅草神社にお参りに」

「その夜、田原町の『佐倉屋』で土蔵が破られて五百両が盗まれた。芝でも同じだった」

「偶然とは恐ろしいもので」

助三はとぼける。

「それだけじゃねえ。麴町のおまさの家にもふたりは泊まった、そのときも麴町で五百両が盗まれた」

「………」

「こうなると、もはや偶然とは考えられぬ」

扇太郎は追い詰めるように、

「助三。別れたかみさんと娘の住いを前に住んでいた長屋の住人から聞いたことはわかっているんだ」

「旦那《だんな》。聞きましたけど、会いに行ってはいません」

「そうか。なら、ふたりを大番屋に呼び出して問いつめるだけだ」

「ふたりは関係ありません」

「そうかな。元のかみさんには借金があったんだ。だが、盗みのあと、すべて返済している。このままじゃ、元のかみさんも盗賊の仲間と考えざるを得ない」

「違う。おかつは関係ない」

「助三。おかつが一味かそうではないか、お白州ではっきりするだろう」

「お白州？」

「そうだ。場合によってはおかつも牢《ろう》に入ってもらうことになる」

「待ってくれ」

助三はあわてた。

「じゃあ、正直に話すか」

「…………」

助三は口を真一文字に閉ざした。

「冬吉に無断で喋《しゃべ》れないだろうな。冬吉の住いはどこだ？」

「木挽町一丁目です」

「よし、大番屋に移ってもらおう」

助三を南茅場町《みなみかやばちょう》の大番屋に連れて行き、それから木挽町一丁目に向かった。

木挽町一丁目の長屋木戸をくぐった。

腰高障子に冬吉という千社札が貼ってある住いの前に立った。

伝八が戸に手をかけようとしたとき、中から戸が開いた。小柄だが、苦み走った顔の男が驚いたように立っていた。

「冬吉か」

伝八がきく。

「へえ」

「出かけるところらしいが、待ってもらおう」

「なにか」

冬吉は不安そうな顔をした。

「『闇猿』の件だ」

「…………」

冬吉は顔色を変えた。

「南茅場町の大番屋で、助三が待っている」

「助三さんが？」

「そうだ。おめえを待っている。四谷塩町のおまさの家に助三といっしょに泊まったこともわかっている」

「助三さんは喋ったんですか」

「いや、まだだ。ともかく、大番屋に来てもらう」

「わかりました」

冬吉は観念したように頷《うなず》いた。

大番屋に着くと、助三と冬吉はお互いをいたわるような目で見つめ合った。

改めて、『闇猿』のことをきくと、ふたりは認めた。

「おかつの借金を返さないと娘が岡場所に売られてしまう。おもいあぐねて柳島の妙見さまに助けてもらおうと願掛けに行ったんです。そこで、同じように熱心に願掛けしている冬吉さんと出会ったんです」

助三が言うと、冬吉も引き取って言う。

「あっしは植木職人をやめたあと、親しくしていた女のところに行きました。何人かの女に食わしてもらいました。そんな自堕落な暮しをしていると、いつしかまっとうに働こうという気もなくなり、女たちに借金を繰り返し、もうこれ以上借りられなくなって……。女たちから返済を迫られ、にっちもさっちもいかなくなって、神頼みを。妙見さまが御利益があると聞いて、お参りに行ったんです。そしたら、あっし以上に真剣な顔で手を合わせているひとがいて。それが助三さんでした」

「妙見堂から引き上げるとき、どちらからともなく声をかけ、道々お互いのことを話していて、冬吉さんが植木職人で高いところに上がるのは得意だと聞いたとき、妙見さんがあっしたちを引き合わせてくれたのかもしれないと思ったんです」

助三が続ける。

「あっしは錠前を開けることが出来、冬吉さんは塀を乗り越えることが出来る。俺たちひとりじゃ半人前だが、ふたりでなら一人前だと思いました」

再び、冬吉が助三の話を引き取った。

「俺たちが組めば盗みはうまくいく。俺たちみたいな素人で歳いった者が塀を乗り越え、錠前破りをするとは思われないだろうと。『闇猿』の置き文をしたのも本物の盗人に見せかけるためです」

ふたりの話は想像したとおりだった。

「盗みに入る大店《おおだな》はどうやって選んだのだ?」

扇太郎がきく。

「塀際に樹の枝が伸びている屋敷です。そこに縄をかけて攀《よ》じ登れますから」

冬吉が答え、さらに続ける。

「それから近くに知り合いがいるところ。夜中に遠くまで逃げるのは苦しいですから。もうひとつ、夜中に外出する言い訳が出来る神社が近くにあることです。夜参りといえば、不審がられないと思いまして」

「うむ。それで、最初は芝の蠟燭《ろうそく》問屋『三州屋』に狙いをつけたのだな。露月町の錠前屋『鍵屋』の主人作兵衛は助三の知り合いだからな」

「そうです」

助三は素直に頷く。

「なぜ、盗んだ金は五百両だったのだ？」

「百両あれば十分だったんですが、本物の盗人《ぬすっと》『闇猿』らしく見せるためにもっと多くをとろうと。さすがに千両箱を担いで逃げる体力はありませんから」

「百両あれば十分だったのに五百両を盗んだ。だったら、それだけで十分だったのではないか。盗みを繰り返す必要はなかったのではないか」

「へえ。それが……」

助三は俯《うつむ》いた。

「どうした？　まさか、盗みが病み付きになったわけではあるまい？」

「じつはそうなんで」

助三が言うと、冬吉も小さく頷いた。

「最初の五百両で十分だったんですが、うまくいったことに味を占め、二度、三度と。こんな歳になって、身の引き締まるようなときめきを味わうことが出来るんです。今度で最後にしようと思いつつ、また次の狙いを」

「金が目的ではなく、盗みに入るときの興奮を求めてか」

扇太郎は呆《あき》れた。

「そのとおりでして」

助三が素直に答えた。

「だったら、盗んだ金はどうした？」

伝八が口をはさむ。

「使う当てがないなら、その金はどうしたんだ？」

「隠してあります」

「使ってないのか」

「最初の『三州屋』で盗んだ五百両はふたりで山分けしましたが、あとの金は隠してあります」

助三が言う。

「どこにだ？」

「あっしの長屋の床下に二千五百両」

「最初の五百両は山分けしたのだから残りは二千両だろう」

扇太郎は間違いを正すように言う。

「いえ、五件分ですから二千五百両です」

「五件？　ちょっと待て。盗みを働いたのは五件ではないのか」

「いえ、六件です」

助三が答える。

「六件？」

扇太郎はきき返す。

「ええ、六件です」

冬吉も助三と同じことを言う。

「芝、麴町、池之端仲町、田原町、大伝馬町一丁目の五件ではないのか」

「あと、尾張町で」

「尾張町？」

「どこだ？」

「『長崎屋』です」

「『長崎屋』だと」

塀から見える松の枝が切られていたところだ。

「どうやって忍び込んだのだ？」

「松の枝に縄をかけて塀を攀じ登りました」

冬吉が答える。

「『長崎屋』から被害の訴えはない」

扇太郎は首を傾げ、

「いくら盗んだ？」

と、きいた。

「同じ五百両です」

「おかしいな。そんな被害に遭いながら」

「そういえば、『長崎屋』の錠前を開けるのに手こずりました。新しい型の開けづらい頑丈なものだったもので」

助三が思いだしたように言う。

「土蔵の中に何が入っていた？」

「異国の壺《つぼ》だとか、香炉だとか、見たことのないようなものがありました」

「高麗人参《こうらいにんじん》や香木も」

冬吉が付け加えた。

「高麗人参や香木？　旦那《だんな》、ひょっとして、ご禁制の……」

伝八が疑問を口にした。

「うむ。それらが見つかるのを恐れて訴え出なかったのかもしれぬな。こいつはひそかに調べてみる必要があるな。その前にこのふたりだ」

扇太郎は助三と冬吉を見つめた。

「まず、その二千五百両は押収する」

「へい」

「盗まれたところに返す。いいな。少しはお上の慈悲が期待できよう」

「ありがとうございます」

冬吉は期待の目を向けた。

「ですが『三州屋』から盗んだ金の一部はすでに使ってしまいました」

助三が言う。

「金に色がついているわけではない、被害の訴えが出ているのは五件二千五百両だ。それをすべて返せば被害はなくなる。『長崎屋』から盗んだ金を使ったと考えれば盗んだ金に手をつけてないことになる」

「…………」

助三と冬吉は互いに顔を見合わせた。

「ふたりとも小伝馬町《こでんまちよう》の牢屋敷《ろうやしき》に送るが、『長崎屋』の件は忘れろ。忍び込んだのは五件だ。いいな、その金には一切手をつけなかった。ただ、盗みに入る興奮を味わうためで、あとで返すつもりだったと吟味で訴えるのだ。それから、ふたりは自訴してきたことにするから」

「旦那、いいんですかえ。せっかくの手柄を？」

伝八が口にする。

「別に手柄を立てたいために同心をしているのではない。どうせ、手柄を立てるならもっとでかい事件がいい」

扇太郎はきっぱり言い、

「それに、年寄りを島送りにさせたくないのでな」

と、助三を見た。

「恐れ入ります」

助三は深々と頭を下げた。

四

暮六つ（午後六時）に、お葉を『桜家』に送り届け、新吉は『桔梗家』に戻った。

今夜の客は『天野屋』の旦那だ。また、柳橋の芸者を引き連れてきたのだろう。

戸口に着いたとき、内側から戸が開き、手代ふうの若い男が出てきた。新吉に会釈をして引き上げていった。

新吉が土間に入ると、上がり框《がまち》にお波がいた。今の手代ふうの男を見送ったようだ。

「姐《ねえ》さん、客人で？」

新吉はきいた。

「『長崎屋』の旦那の使いよ」

「そうですか」

新吉は部屋に上がり、お波のあとについて居間に入った。

長火鉢の前に座ったお波が口を開いた。

「新さん。『長崎屋』の旦那が新さんに会いたいんだって」

「えっ、どうしてですかえ。あっしは『長崎屋』の旦那のことを存じあげませんが。どうしてあっしのことを知っているんでしょうか」

「柳橋のお国さんから聞いたらしいわ」

「お国さんからですか」

新吉はお国からということであることが脳裏に浮かんだ。

「『長崎屋』の旦那は吉原にも行っていたんでしょうか」

「ええ、行っていたわね。お国さんとは吉原のときからの知り合いじゃないかしら」

「そうですか」

おそらく小紫とのことをきかれるのだろう。新吉は表情を曇らせた。

「新さん、どうしたんだい？」

お波が不審そうにきいた。

「姐さん。お断りすると姐さんの顔を潰《つぶ》すことになりますかえ」

「新さん」

お波は驚いたような顔をした。

「すみません。どうも気が進みません」

「どうしてだい？」

「大店《おおだな》の旦那がわざわざ箱屋風情に会いたいなんて、ふつうは思いもしないでしょう。おそらく、旦那はお国さんからあっしのことを聞き、吉原でのことをききだそうという腹じゃありませんか」

「さあ、そこまではわからないけど。でも、新さんが気が進まないものを無理強い出来ない。お断りしましょう。私が新さんの気持ちを確かめもせずに、てっきりだいじょうぶだと勝手に思って使いのひとに返事をしてしまったんだ」

お波は落胆したようだ。そんな姿を見るのも新吉には胸の痛むことだった。

「姐さん、よございます。行きましょう」

「いいんだよ、無理しなくて」

「いいえ。今後、お葉姐さんを贔屓《ひいき》にしてくれるようになるかもしれませんので。それに、あっしが拒めば、姐さんは断りを入れなきゃなりません。使いはあっしの役目。どっちみち、『長崎屋』の旦那に会いに行かなきゃなりませんから」

新吉は苦笑した。

「断りの使いは他のひとに頼んでもいいんだよ」

「いいえ。参ります。せっかくの『長崎屋』の旦那の誘いを無下にしたら罰が当たります」

「そうかえ。すまないね」

お波は軽く両手を合わせて新吉に礼を言った。

「で、いつどこに？」

「それが明日《あした》なんだよ。朝四つ（午前十時）に、橋場《はしば》の鏡ケ池《かがみがいけ》の近くにある『長崎屋』の寮に来てもらいたいと、さっきの使いのひとが」

「じゃあ、明日昼間、お葉さんのお供は出来ませんので、またお琴さんにお願いしてもらえますか」

「そうするよ」

余所《よそ》の土地から誘われている件で、お琴との話し合いも中途半端のままになっていた。あれから、お琴ととじっくり話し合う機会はなかった。

「じゃあ、そろそろお迎えに行ってきます」

新吉は『桔梗家』を出て『桜家』に行った。勝手口から入って台所の隅で待っていると、お豊がお葉の三味線を持ってやってきた。

「新さん。また船着場まで見送るそうよ」

お豊が言った。

「わかりました」

表にまわり、門の脇で待っていると、『天野屋』の徳兵衛がお葉と柳橋の芸者ふたりと出てきた。野太鼓の敏八もいる。

女将《おかみ》たちに見送られて、年増芸者と華やかな感じの若い芸者がついてくる。夢吉だ。目鼻だちがはっきりし、京人形のような顔だちだ。

「新吉、すまないな」

徳兵衛が声をかけた。

「いえ」

女将やお豊に見送られ、徳兵衛の一行は土手に向かって歩きだした。徳兵衛はお葉と並び、その後ろに敏八と柳橋の芸者が続いた。

新吉は少し間を空けてついて行く。

土手に上がったところで、徳兵衛が待っていて、新吉に近づいてきた。

「新吉。美代次の見舞いに行ってくれたそうだな」

お葉に聞こえないように、小声で言った。

「へえ、行ってきました」

「あのあとはしばらくは元気だったそうだ。また行ってやってくれ」

そう言い、お葉のもとに戻ろうとした。

「旦那《だんな》」

新吉は呼び止めた。

「なんだ？」

徳兵衛が振り返る。

「つかぬことをお伺いしますが、尾張町の『長崎屋』さんをご存じですかえ」

「柳橋で何度か顔を合わせたことがある。近頃、どんどん大きくなっている唐物問屋だ」

「なぜ、そんなに大きくなっていっているんですか」

新吉は疑問を口にした。

「それは老中の坂城越後守《さかしろえちごのかみ》さまだ」

「老中？」

「そうだ。坂城さまにうまくとりいったのではないか」

徳兵衛は眉根《まゆね》を寄せた。

「坂城さまは非常に金が好きなお方だという噂を聞いた」

「そうですか」

「『長崎屋』がどうかしたのか」

徳兵衛が興味深そうにきいた。

「『桔梗家』のお波姐《ねえ》さんの昔のお客さんだったそうなので、ちょっとお訊《たず》ねしました」

「そうか。じゃあ。お葉のところに来るようになるな」

徳兵衛は渋い顔をして、お葉のところに戻って行った。


翌日の朝、扇太郎と伝八は新吉の家にやってきた。

戸が開き、ふたりが土間に入ってきた。

「これは梶井さまに親分さん」

新吉が上がり框《がまち》まで出てきた。

「おや、もう出かけるのか」

「まだ、だいじょうぶです」

「その後、茂太のことで何かわかったか」

扇太郎は刀を外し、上がり框に腰を下ろした。

「じつは八巻の屋敷に忍び込み、家来のひとりからきき出しました。茂太はやはり八巻さまの家来で奥野茂一郎という侍でした」

「わかったのか。奥野茂一郎とな」

「はい。八巻さまがお奉行になれば、必ず奥野茂一郎が内与力として南町に乗り込んでくるはずです」

新吉は確信を持って言った。

「しかし、これで八巻さまを追い詰められるか」

「いえ、だめです」

「だめ？　何がだめなんだ？」

扇太郎が不服そうにきいた。

「証《あかし》がないのです。あっしの訴えだけでは相手を追い詰めることは出来ません」

新吉が事情を説明した。

「つまり、このままあっしのことを捨てておいても、八巻さまがお奉行になるにあたり、何の障碍《しょうがい》もないのです。あっしがいくら吠《ほ》えたところで、しらを切り通せるでしょう」

「そう言われれば、確かにそうだが」

扇太郎は首を傾げ、

「それなら、なぜ、奴らはそなたを襲うのだ？」

「そこなんです」

新吉は厳しい顔をし、

「もうひとつなにか大きな秘密が隠されているのではないかと」

「大きな秘密？」

「それが何か見当もつきません。しいていえば、あっしが梶井さまと親しいこと」

新吉は思いついたことを口にした。

「どういうことだ？」

「いえ。考え過ぎかもしれませんが」

新吉はあわてて打ち消そうとした。

「言ってみろ」

扇太郎は引き下がらなかった。

「考え過ぎかと」

「それでもいいから言うんだ」

扇太郎はむきになって促す。

「わかりました」

新吉は腹を決め、

「今、言いましたように、あっしに関係なく八巻さまは南町奉行になるでしょう。でも、梶井さまと親しいあっしがいると、お奉行になられてからが困るのではないかと」

「お奉行になったあと？」

扇太郎は首を傾げた。

「お奉行を続けるのに、あっしと親しい梶井さまが南町にいることが迷惑なのではないでしょうか。ほんとうは梶井さまがいなくなったほうがあとあとやりやすい」

「旦那を殺したほうがいいみたいじゃねえか」

伝八が口をはさむ。

「そうです。梶井さまがいなくなるのが望ましいが、あっしでもいいんです。どっちかがいなくなれば。でも、梶井さまを襲えば、奉行所は総力を挙げて下手人の探索に向かうでしょう。それは困る。ですが、あっしだったら適当な探索で済ませられます」

「………」

扇太郎は唸《うな》った。

「考え過ぎだと思います」

新吉はもう一度言ったが、扇太郎は真剣に考えこんだ。

「旦那、どうしたんですね」

伝八が驚いてきいた。

「新吉の話、あり得ると思ってな」

「えっ？」

「俺と新吉が通じていることが奴らにとっては脅威なのだ。新吉が言うように、八巻さまはお奉行になってからのことを見越しているのだ」

扇太郎は何かを見据えるように目を見開いた。

「そうだとすると、何が脅威なのでしょうか」

伝八が不安そうにきく。

「わからぬ」

「梶井さま。あっしの今の考えが合っているかどうかわかりません」

新吉が慎重に言う。

「いや、そうに決まっている」

扇太郎は言い切った。

「ともかく、奥野茂一郎に会ってみようと思っています」

新吉は拳《こぶし》を握りしめて言う。

「会うだろうか」

「名前までわかったのです。会うはずです」

「危険ではないか」

「覚悟の上です」

「俺たちも近くに行く」

「わかりました。会う段取りが出来たらお知らせいたします」

「わかった」

「ところで、『闇猿』の探索は進んでいるのですか」

新吉は思いだしてきいた。

「解決した」

「そうですか。そいつはよかった」

新吉は讃《たた》えた。

「引退した錠前屋と仕事を失った植木職人がつるんでの盗みだった。ふたりとも盗みは素人だ。玄人に見せかけるために闇猿と書かれた置き文を残していったというわけだ」

「それなりに、工夫していたわけですか」

「そうだ。ふたりはまったくの赤の他人だったが、お互いに金が要る事情があって柳島の妙見さまに願掛けに行った。そこではじめて出会って、盗みの相談がまとまったのだ。それで三千両を手に入れたのだから、妙見さまの霊験あらたかだ」

扇太郎は感心したが、

「ただ、妙見さんが盗みを勧めるはずはない。ふたりが悪いに決まっている」

と、切り捨てた。

「もっとも、このふたりは自訴し、盗んだ金も被害に遭った店に返すことになった」

「そうなんですか」

「旦那《だんな》が温情あふれる計らいをしたんだ」

伝八が口にした。

「ただ、この盗みで妙なことがあってな」

扇太郎が口元を歪《ゆが》めた。

「妙なこと？」

新吉はきき返す。

「ふたりは盗みを働いたのは六回だと言っている。ところが、被害の届けが出ているのは五軒なのだ」

「ふたりはそこからも五百両を盗んだと言っているんですか」

「そうだ。おそらく、我らに知られたくないことがあるのだろう」

「なんでしょうか」

「土蔵の中に、異国の壺《つぼ》や香炉、高麗人参《こうらいにんじん》や香木などもあったようだ」

「異国のものですか」

新吉は聞きとがめた。

「そうだ。ひょっとしたら、ご禁制の品かもしれない」

「唐物を扱っている店ですか」

「そうだ。尾張町にある『長崎屋』だ」

「『長崎屋』……」

「たまたま『長崎屋』の前を通り掛かって、塀の向こうに見える松の樹の枝が切られていた。そこで、主人にきいたところ、枝が塀の外まで伸びていきそうだったので、みっともないと思い切らせたということだった。我が家の富が外に出ていくようで縁起が悪いと思ったとも言っていたのだ」

扇太郎はさらに続けた。

「枝が塀まで伸びていては、縄をかけて外から侵入され易い。奉行所のほうから何か言ってきたのかときいたが、そうではないという答えだった。しかし、枝を切ったのは盗みに入られたあとなのだ」

「そうですか」

新吉は考えこむ。

「どうしたんだ？」

扇太郎はきいた。

「梶井さまは『長崎屋』さんが老中の坂城越後守さまと懇意にしているということをご存じですかえ」

「なに、『長崎屋』と老中が？」

「新吉。どうして『長崎屋』のことを知っているんだ？」

伝八がきいた。

「『長崎屋』の旦那はお波姐《ねえ》さんのお客さんだったそうで、先日向島にやってきて、久しぶりにお波姐さんと再会しました。そしたら、お波姐さんを通してあっしに会いたいと」

「どうしてだ？」

「わかりませんが、『長崎屋』の旦那はあっしの素姓を知って、十年前の吉原でのことを聞きたいのかと」

「なぜ、この時期に……」

扇太郎は眉根《まゆね》を寄せた。

「どこで会うのだ？」

「橋場にある『長崎屋』の寮です。鏡ヶ池の近くだそうです」

「奉行所でも『長崎屋』の探索をはじめた。お奉行は最後の仕事に抜け荷を暴きたいと思っているようだ。主人の勝五郎は長身で、四十半ばの渋い感じの男だったが……」

「そろそろ、出かけます」

新吉が言った。

「よし、俺たちも近くまで行ってみる」

扇太郎は厳しい顔で言った。

新吉もあえてとめだてはしなかった。

五

橋場の船着場に着いて、新吉は船から陸《おか》に上がった。

「じゃあ、行ってくる」

茂助に会釈をし、新吉は鏡ヶ池のほうに向かった。寺の大伽藍《だいがらん》がいくつも見える。

雲雀《ひばり》が空高く垂直に鳴きながら飛翔《ひしょう》した。

鏡ヶ池のまわりを歩き、『長崎屋』の寮を見つけた。

門の横に大柄な男が立っていた。新吉は門に向かった。

「新吉さんですね」

男が声をかけてきた。

「そうです」

「こちらに」

男は先に立った。

塀に沿って裏手にまわった。新吉はついて行く。

鬱蒼《うっそう》とした雑木林に出た。すぐ近くに池が見えた。男は池の近くで立ちどまった。

「ここは？」

新吉はきいた。

「すまないね。『長崎屋』の旦那が呼んでいるというのは嘘だ」

そのとき、覆面の侍が三人現われた。皆、たくましい体つきだ。

「何者だ?」

新吉は誰何《すいか》する。

覆面の侍が抜刀した。三人ともかなり腕が立ちそうだった。八巻の屋敷にいた侍たちとは別人だと思った。

正面の侍は正眼に構えた。ふたりは新吉の背後に回り込んだ。

新吉は丸腰だ。足元を見回して、武器になりそうな枝か何かが落ちていないかを探した。だが、見当たらなかった。

正面の侍が間合を詰めてきた。ふつうなら丸腰の相手にこんなに慎重になるはずはない。新吉の剣の力量を聞いているのに違いない。

「奥野茂一郎どのの差し金か」

新吉はためしに声をかけた。だが、相手は無言で迫る。背後に、ふたりの侍が待ち構えている。

後ろや横に逃れれば、背後の敵が斬り込んでくる。正面に向かうしかなかった。

新吉は自然体で立った。相手が斬り込んでくるのを待った。

だが、相手は途中で動きを止めた。上段に構えた刹那《せつな》、新吉は相手の懐に突進するつもりだった。

相手は新吉の動きを察したようだった。

「どうした？」

背後から声がした。

「だめだ」

正面の侍が答えた。

すると、背後で殺気を感じた。相手が上段に構えたときには、新吉は腰を落としながら振り向き、斬り込んできた剣が頭上に届くより先に相手の懐に入り、足をかけて倒した。相手は仰向《あおむ》けに倒れた。

落ちた剣を拾い、もうひとりが斬りつけてきた剣を払った。正面にいた敵が改めて剣を振り下ろしてきた。新吉はその剣を鎬《しのぎ》で受け止め、押し返した。相手も力を込めてきた。

新吉は力を抜いて剣を下げた。相手は体勢を崩しながら足を踏ん張った。だが、新吉はその肩を峰でしたたかに打ち付けた。悲鳴を上げて、相手は倒れた。

新吉はふたりに対峙《たいじ》し、正眼に構えた。

「なぜ、俺を襲う？　そなたたちは金で雇われた輩《やから》ではない。れっきとした武士だ」

新吉は相手に剣先を向け、

「もう一度きく。奥野茂一郎どのに頼まれたか」

と、問うた。が、返答はない。

背後に草木を踏む音がした。

振り返ると、刺股《さすまた》や突棒《つくぼう》、それに梯子《はしご》などを持ったやくざふうの男たちが十人ほど集まってきた。

大柄のいかつい顔の男がこん棒を振りまわしていきなり襲ってきた。風を切る鈍い音をさせて、こん棒が横から頭を目掛けて迫った。新吉は頭を下げてこん棒を避《よ》けた。が、すかさず、突棒が新吉の脇腹を襲った。身を翻して避け、相手に迫り、突棒の尖端《せんたん》の金具の部分を外し、柄の真ん中を斬り、棒を切断した。相手はつんのめった。その男の胴を刀の峰で叩《たた》いた。男はうめき声を発してうずくまった。

刺股が左右から迫ってきた。一方を弾《はじ》いたが、もう一方の刺股の半円の輪が新吉の足に食い込んだ。そのまま押された。新吉は踏ん張り、さっと跳んで逃れた。

だが、さらに刺股と突棒を持った男たちが迫ってきた。

「おまえたち、今度は容赦せぬ」

新吉は剣を構えた。

「やっちまえ」

男たちの中から声が上がった。

刺股で体を押さえられたら自由に動けなくなる。もはや相手を斬るしかないと、新吉は覚悟を固めた。

またも刺股が迫った。新吉は横に逃れた。そこに待ち構えたように突棒が襲ってきた。

その棒を真っ二つに斬り、棒を持っていた男に躍りかかった。相手はあわてて逃げた。

そのとき、待てと大声がして、誰かが近づいてきた。

「南町だ。おまえたち、何をしている」

扇太郎が怒鳴った。

「逃げろ」

兄貴分らしい男が叫ぶと、一斉に男たちは逃げだした。だが、先ほど胴を打ちすえた男は逃げ遅れ、伝八に捕まった。

三人の武士はとうに姿を晦《くら》ましていた。

「梶井さま。助かりました」

「やはり、罠《わな》だったな」

「ええ」

新吉は捕まった男のそばに行った。

「誰に頼まれた？」

新吉は問いかけた。

「………………」

男はぷいと横を向いた。

「喋《しゃべ》るんだ」

伝八が着物の襟を摑《つか》んで締め上げる。

「いてえ」

「喋らなきゃ、徒党を組んでひとを殺そうとしたんだ。よくて遠島、へたすれば死罪だ」

扇太郎が脅した。

「死罪？　冗談じゃねえ。俺はただ頼まれて……」

「誰に頼まれた？」

扇太郎が迫る。

「…………」

「言わぬな。大番屋でじっくり話を聞こう。縛り上げろ」

「へい」

伝八が縄を取り出した。

「おめえが喋らなきゃ、仲間のことはわからない。つまり、おまえひとりが罪を背負うというわけだ。仲間は逃げだしたのに、おまえひとりがばかをみるというわけだ」

扇太郎は相手に顔を近付け、

「大番屋に行ったら、小伝馬町の牢屋敷《ろうやしき》送りは間違いない。もう酒も呑《の》めなきゃ、女も抱けない。だが、今ここで正直に言えば見逃してやる」

と、囁《ささや》いた。

男の眉《まゆ》がぴくりと動いた。だが、口を開こうとしなかった。

「仕方ない。連れて行くんだ」

「へい」

伝八は縄を引っ張った。

「待ってくれ」

「何を待つっていうんだ。さあ、立て」

扇太郎はわざと言う。

「頭巾《ずきん》の侍に頼まれたんだ」

男が口にした。

「どんな侍だ？」

「長身でがっしりしていた。三十過ぎかもしれない」

茂太こと奥野茂一郎だ。

「どう言われたのだ？」

「鏡ケ池に現われた男を殺せば五十両出すと。相手は強い。生半可な攻撃では歯が立たないから刺股や突棒を用意してかかるようにと」

「鏡ケ池は大きい。どうしてここの場所だとわかったんだ？」

新吉は口を出した。

「『長崎屋』の寮の裏だとも言っていたんだ」

「『長崎屋』の名をだしたのだな」

新吉は確かめ、

「その男との連絡は？」

と、きいた。

「向こうからの連絡を待つだけだ」

「おまえの名と住いを聞いておこう」

扇太郎が言う。

「どうしてですかえ」

「おまえがほんとうのことを話したかどうか」

「ほんとうです」

扇太郎たちのやりとりをよそに、新吉は『長崎屋』の寮を見た。裏側の塀が続いている。最初の三人の侍はいつの間にか消えていた。

新吉は草むらをかき分け、塀のほうに近づいた。すると、少し先に裏口があった。

裏口の戸に手をかける。鍵《かぎ》がかかっている。付近の草木を見ると、踏みつけた痕《こん》跡《せき》があった。

扇太郎と伝八が近づいてきた。

「あの男は？」

「逃がしてやった。住いを聞いたから、何かあったらまた捕まえられる」

扇太郎は言ってから、

「ここがどうかしたのか」

と、きいた。

「さっきの連中の前に、三人の覆面の侍が襲ってきたんです。どうも、この中に逃げ込んだような」

「ここは『長崎屋』の寮だな」

「ええ。ともかく、寮を訪ねてみます」

新吉は表にまわった。

門を入った。寮番らしい年配の男が箒《ほうき》を持って庭を掃除していた。新吉に気づいて、顔を向けた。

「向島から来た新吉です。『長崎屋』の旦那《だんな》に呼ばれてきたのですが」

新吉は用向きを言う。

「そんな話は聞いていません。旦那はいらっしゃっていますが、大事なお客さまとお会いなさっていますので」

「念のために、旦那に確かめてくれませんか」

「お客さまをお呼びでしたら、私に話があるはずです」

「でも、使いのひとが来て……」

新吉は声を呑んだ。

やはり、偽りの誘いだったのか。

「どなたがお越しなのですか」

「お答えしかねます」

寮番らしい男は首を横に振った。

「裏口から誰かが入り込んだ形跡があるのですが」

「そんなことはありませんよ」

男はむきになった。

そこに、扇太郎と伝八がやってきた。

男は顔色を変えた。

「何か」

「三人の侍が裏口から入ったかもしれぬのだ。調べさせてもらいたい」

扇太郎は強引に言う。

「困ります」

「困る？　なぜだ？」

「旦那さまにきかないと」

「では、すぐきいてきてもらおう。行かないのなら、こっちから向かう」

扇太郎が母屋に向かった。

すると、戸が開いて、長身の男が出てきた。四十半ばの渋い感じの男だ。主人らしい。

「これは……」

主人は目を剝《む》いた。

「二度目ですな。南町の梶井扇太郎でござる。主人の勝五郎どのだ」

扇太郎は新吉に紹介した。

「向島のお波姐《ねえ》さんのところで箱屋をやっている新吉です。じつはお波姐さんのところに旦那からの使いがきて」

「私は使いなど出していませんが」

勝五郎は厳しい顔で言う。

「そうですか」

新吉は頷《うなず》き、

「じつはあっしはここに誘《おび》き出されたようです。この裏手で、三人の侍に襲われました。その三人が裏口からこの寮内に逃げ込んだようなのです」

と、説明した。

「勝五郎」

扇太郎は鋭い声を発した。

勝五郎ははっとした。

「客が来ているようだが、誰だ?」

「それは……」

「新吉を襲った三人の侍ではないだろうな」

「とんでもない」

また戸が開いて、羽織姿の武士が現われた。

「老中坂城越後守さまの家来だ。越後守さまの用事で来ている。邪魔だてせぬようにしてもらいたい」

「まさか、三人の侍はあなたさまのお供では?」

新吉が思いついてきいた。

「違う」

「小普請組支配の八巻さまの家来、奥野茂一郎どのをご存じでは?」

「八巻さまは南町奉行になられるお方ではないのか。出すぎた真似をすると、そなたの身が危うくなるのではないか」

武士は扇太郎に顔を向けて言った。

「越後守さまは『長崎屋』とどういうご関係なのですか」

扇太郎がきき返す。

「出入りの商人《あきんど》だ」

「先日、『闇猿』と称した盗人《ぬすっと》が捕まりました。盗人の自白によりますと、『長崎屋』の土蔵も破っているのです。しかし、勝五郎は否定しました。なぜか。土蔵の中にご禁制の品が保管されていたそうです」

「…………」

勝五郎は顔色を変えた。

「『長崎屋』は抜け荷をしている藩と結びついているのではないかという疑いが浮上しました。お奉行は最後の仕事として、抜け荷について『長崎屋』を徹底的に探索するように命じました。そういえば、越後守さまのお国は日本海に面しておりましたね」

「何を申すか」

武士が青筋を立てた。

「ようやく、事件の全容が見えてきました。抜け荷の品を扱うのに、お奉行は八巻さまでなくてはならないのです。だから、越後守さまは八巻さまを南町奉行にするために、次期奉行と目されていた勘定奉行の笠木嘉門さまを殺し、その後も邪魔者を手にかけていった。その中心にいた人物が八巻さまの家来奥野茂一郎です」

新吉はこの寮に、奥野茂一郎が来ているはずだと思った。新吉を襲うとき、結果を見届けるために、必ず近くにいるはずだと思い、茂一郎に聞かせるように喋《しゃべ》ったのだ。

越後守の家来と勝五郎は青ざめた顔で立ちすくんでいた。

数日後の夜四つ半（午後十一時）。新吉は愛刀を腰にして太田姫稲荷《いなり》神社脇の空き地にやってきた。月が叢雲《むらくも》に見え隠れしていた。

前方の暗がりから、茂太こと奥野茂一郎が現われた。

「我が殿、八巻貞清は謹慎を仰せつかった。これで南町奉行になる芽は完全になくなった。やはり、そなたは我らにとって元凶だった」

そう言い、茂一郎は剣を抜き、正眼に構えた。

「あなたは罪のない者まで殺《あや》めてきた」

新吉も剣を抜いて正眼に構える。

「今となっては虚しいだけだ」

両者の間は少し離れていた。ゆっくり、茂一郎は間合を詰めてきた。月が雲間に入り、徐々に足元が暗くなった。と、そのときいきなり、茂一郎が上段に振りかぶって突進してきた。新吉も足を踏みこんだ。

両者はすれ違った。行き過ぎて立ちどまった新吉の手に鈍い感触が残った。ゆっくり振り返る。

茂一郎は倒れていた。新吉は駆け寄った。

「奥野どの」

新吉は肩を抱き起こした。

「これで楽になれる」

茂一郎の首が前に垂れた。

しずかに横たえ、茂一郎の瞼《まぶた》を手で閉じてから合掌した。

足音が近づいてきた。利三郎だった。

「屋敷に知らせてもらえますか」

「あとは任せて」

利三郎は言う。

「お願いします」

新吉はその場を立ち去った。

船着場に茂助が待っていた。

乗り込むと、茂助はすぐに船を動かした。しばらく、お互い無言だった。茂助は気を使って声をかけないようにしていたようだ。

吾妻橋をくぐって三囲稲荷社の常夜灯の明かりがみえてきた。新吉はようやく落ち着きを取り戻してきた。

「とっつぁん。すべて終わった」

新吉はやっと口をきいた。

「そいつはよかった」

茂助は言い、

「そろそろ桜も芽ぶいてくるころだ」

と、墨堤の桜の樹を見て言った。

これからはもっとお葉に寄り添ってやろうと、新吉は思った。船は桟橋に向かって行った。

本書は書き下ろしです。

向島《むこうじま》・箱屋《はこや》の新吉《しんきち》

新章《しんしょう》(三) 決断《けつだん》の刻《とき》

小杉健治《こすぎけんじ》

令和4年 12月25日　初版発行

発行者●山下直久

発行●株式会社KADOKAWA
〒102-8177　東京都千代田区富士見2-13-3
電話　0570-002-301(ナビダイヤル)

角川文庫 23114

印刷所●株式会社暁印刷
製本所●本間製本株式会社

表紙画●和田三造

●お問い合わせ
https://www.kadokawa.co.jp/ (「お問い合わせ」へお進みください)
※内容によっては、お答えできない場合があります。
※サポートは日本国内のみとさせていただきます。
※Japanese text only

ISBN 978-4-04-111425-4　C0193

◇◇◇

角川文庫発刊に際して

角川源義

第二次世界大戦の敗北は、軍事力の敗北であった以上に、私たちの若い文化力の敗退であった。私たちの文化が戦争に対して如何に無力であり、単なるあだ花に過ぎなかったかを、私たちは身を以て体験し痛感した。西洋近代文化の摂取にとって、明治以後八十年の歳月は決して短かすぎたとは言えない。にもかかわらず、近代文化の伝統を確立し、自由な批判と柔軟な良識に富む文化層として自らを形成することに私たちは失敗して来た。そしてこれは、各層への文化の普及滲透を任務とする出版人の責任でもあった。

一九四五年以来、私たちは再び振出しに戻り、第一歩から踏み出すことを余儀なくされた。これは大きな不幸ではあるが、反面、これまでの混沌・未熟・歪曲の中にあった我が国の文化に秩序と確たる基礎を齎らすためには絶好の機会でもある。角川書店は、このような祖国の文化的危機にあたり、微力をも顧みず再建の礎石たるべき抱負と決意とをもって出発したが、ここに創立以来の念願を果すべく角川文庫を発刊する。これまで刊行されたあらゆる全集叢書文庫類の長所と短所とを検討し、古今東西の不朽の典籍を、良心的編集のもとに、廉価に、そして書架にふさわしい美本として、多くのひとびとに提供しようとする。しかし私たちは徒らに百科全書的な知識のジレッタントを作ることを目的とせず、あくまで祖国の文化に秩序と再建への道を示し、この文庫を角川書店の栄ある事業として、今後永久に継続発展せしめ、学芸と教養との殿堂として大成せんことを期したい。多くの読書子の愛情ある忠言と支持とによって、この希望と抱負とを完遂せしめられんことを願う。

一九四九年五月三日